La folle rencontre de Flora et Max

Martin Page • Coline Pierré

La folle rencontre de Flora et Max

l'école des loisirs
11, rue de Sèvres, Paris 6e

Loi n° 49.956 du 16 juillet 1949 sur les publications
destinées à la jeunesse : novembre 2015
Dépôt légal : février 2019

ISBN 978-2-211-23517-4

« N'y a-t-il aucune issue hors de l'esprit ? »

Sylvia Plath,
Appréhensions

11 octobre

Chère Flora,

Je ne savais pas que les filles allaient en prison. Pour tout dire, je ne savais pas que les filles étaient violentes. D'une certaine manière, c'est une bonne chose, ainsi vous pouvez vous défendre, le monde est plus égalitaire. Bien sûr, l'idéal serait que la douceur soit la norme, mais j'ai peur qu'on n'en prenne pas le chemin.

Je regarderai les filles avec un autre œil maintenant. Décidément, vous êtes surprenantes.

J'avais entendu parler de ton histoire l'an dernier au lycée, et, il y a quelques jours, en traînant sur Facebook, j'ai découvert que tu venais juste d'être incarcérée.

C'est drôle de penser qu'on était dans le même lycée. Je ne te connaissais pas, je ne me souviens même pas de t'avoir croisée.

J'ai vu ta photo de profil sur Facebook. Elle m'a frappé, d'abord parce qu'elle est floue et mal cadrée. Et puis tu as quelque chose d'aérien. Comme si tu avais quitté ton enveloppe charnelle.

Je n'ai pas d'amis, et il me semble que tu ne dois pas en avoir beaucoup non plus, alors aller vers toi est plus facile pour moi. Je suis pathétique, je sais, mais ça me rassure, je veux dire, tu ne vas pas me juger parce que je suis bizarre. Après tout, tu as presque tué quelqu'un : tu dois être très tolérante vis-à-vis des défauts des autres (excuse-moi d'être si direct).

Je ne sais pas si cette lettre arrivera jusqu'à toi. Parfois on jette des bouteilles à la mer. J'ai besoin de parler, et on ne peut parler qu'avec des gens qui nous ressemblent. Tu ne le sais pas, mais on a des points communs. Ce n'est pas une très bonne nouvelle : ce sont des histoires tristes qui nous rapprochent. Mais il faut bien commencer par quelque chose.

Je n'ai pas eu trop de mal à t'écrire, car ce que tu as fait et l'endroit où tu es semblent irréels. Aussi irréels que ma propre vie. J'ose te parler et t'adresser un signe parce que tout ça ressemble à de la fiction. J'en aurais été incapable si tu avais été face à moi à la cafétéria du lycée. Heureusement que les crimes et les prisons existent (je plaisante).

Je me demande à quoi ressemble ton quotidien. J'espère que ce n'est pas trop dur.

Bon courage.
Max

12 octobre

Flora,

Je viens de me réveiller et je me rends compte que la lettre que je t'ai écrite et postée hier soir n'était pas appropriée. Je fais parfois des choses qui me dépassent. Je me laisse emporter par mes impulsions. Malheureusement je suis souvent comme ça. On ne se connaît pas, de quel droit est-ce que je m'adresse ainsi à toi ? Excuse-moi.

Bon courage pour la suite.
Max

15 octobre

Cher Max,

Je ne reçois que des lettres de mes parents depuis que je suis en prison, alors j'étais très heureuse de découvrir les tiennes. Je te préviens : elles ont été ouvertes avant que la surveillante ne me les apporte. Le droit à l'intimité n'existe pas ici, tout est contrôlé. Mais comme tu ne me proposais pas de m'aider à m'évader, on m'a remis tes courriers ce matin.

Ne t'inquiète pas. C'était une belle et étrange surprise pour moi. Tu as le droit de m'écrire en prison comme tu aurais eu le droit de me parler dans la cour du lycée. On devrait se permettre d'aller à la rencontre de ceux qu'on ne connaît pas.

Je ne savais pas qu'on avait parlé de moi sur les

réseaux sociaux (mais ça ne m'étonne pas). Je sais qu'il y a aussi eu des articles dans le journal. Mes parents ont veillé à me tenir à l'écart des commentaires et des commérages. Et je n'ai pas cherché à en savoir plus.

Depuis que j'ai été arrêtée, ils font comme s'il ne s'était rien passé. Ils se sont efforcés de paraître cool lors de leurs premières visites, mais j'ai bien vu qu'ils étaient terrorisés. C'est le monde des délinquants, pas celui des petites filles sages.

J'aurais aimé qu'on parle de moi pour de meilleures raisons, par exemple pour avoir réglé le conflit au Moyen-Orient ou pour avoir sauvé deux mille chatons d'un laboratoire d'expérimentation animale. Que disaient les gens sur Facebook à mon propos ?

La prison est un univers étrange mais pas si différent du lycée. Les mêmes luttes de pouvoir et de domination s'y jouent constamment entre les détenus, et avec les surveillants. Mais ici au moins, les choses sont claires.

Il n'y a que deux autres filles avec moi dans la prison. Nous vivons dans une « unité » réservée aux filles, au sein de laquelle nous avons chacune une cellule. Nous partageons aussi une salle où nous mangeons et passons une partie de notre temps libre. Depuis une semaine que je suis ici, on ne s'est presque pas parlé. Je reste dans mon coin.

Pourquoi penses-tu que nous avons des points communs ?

Bon courage à toi aussi.

Flora

P.-S. Finalement, non, ne me dis pas ce qu'on raconte sur moi. Je n'ai pas envie de le savoir.

P.-P.-S. Je viens de réaliser que tu t'es excusé de m'envoyer une lettre en m'envoyant une nouvelle lettre. C'est drôle.

17 octobre

Flora,

J'allais te répondre et te poser des tas de questions, mais j'ai changé d'avis. Et si on parlait d'autre chose que de la prison ? J'imagine que tu en as un peu marre. Tu y es jour et nuit, et tout le monde doit te plaindre ou te juger. Si j'étais à ta place, j'aimerais qu'on m'offre une parenthèse. Un moment pour souffler. Ça sera mon ambition dans cette lettre.

Je ne suis pas quelqu'un de drôle, tu sais. Ne compte pas rire. Ou plutôt, je suis quelqu'un de drôle, mais personne ne comprend mon humour. Quand je plaisante, les gens – je veux dire mes parents, les profs, les élèves, tout le monde – semblent sur le point de mourir d'une crise cardiaque (ce qui parfois ne serait pas une mauvaise chose). Ils ne me comprennent pas. Ils sont affligés.

Aujourd'hui, je vais te changer les idées en te parlant de moi.

Tu connais mon prénom. C'est déjà bien. Je pense que la plupart des élèves de ma classe n'en savent pas autant. Quand ils doivent me parler, ils me regardent en hésitant et en se creusant la cervelle comme si j'étais un exercice de mathématiques très compliqué. Ils m'appellent : «Toi» ou «Machin».

Quand je suis arrivé au lycée l'année dernière, j'ai essayé d'être un élève normal, mais malgré tous mes efforts ç'a été une catastrophe. Mon passage en première ES n'a rien résolu. Je ne t'en dis pas plus, je réserve des informations à ce sujet pour une lettre future (il faut garder des choses à se raconter, car comme il ne se passe rien dans ma vie j'ai peur d'être vite à court de matière).

Tous les matins, je nourris les oiseaux qui ont pris l'habitude de venir sur le rebord de ma fenêtre. Je leur donne un savant mélange de cacahuètes, de noix de cajou et de chocolat. Ils en raffolent à tel point qu'ils sont en train de devenir obèses. Ils sont trois, ce sont des moineaux, et ils ne migrent pas en hiver (ce n'est pas étonnant, vu la bonne nourriture que je leur fournis). Ils sont magnifiques, et pourtant ils n'ont pas de plumes de toutes les couleurs. Ils sont beaux car ils sont en vie. Ils ont l'air de profiter de chaque journée. Je ne sais pas comment ils font pour être si insouciants. Ils n'écoutent pas les informations ou quoi ? Ils sont un modèle pour moi. Parfois je les imite, je saute de mon bureau jusqu'à mon lit en bougeant les bras, je mange sans me servir de mes mains (mon père déteste ça) et j'ouvre la fenêtre pour laisser le vent glisser sur mon visage comme si je volais. Je me sens si bien dans ces moments-là. Je crois que les êtres humains iraient mieux s'ils se conduisaient un peu plus comme des animaux (mais, par pitié, pas comme des piranhas ou des putois).

J'ai imprimé la photo floue de ton profil Facebook. Je l'ai accrochée sur le mur à côté de mon écran d'ordinateur. Si je te croisais dans la rue, je pense que je ne te reconnaîtrais pas. La seule chose dont je suis certain, c'est que tu as les cheveux bruns. J'ignore si tu es grande ou petite, je ne connais pas la couleur de tes yeux.

Par souci de réciprocité, permets-moi de te donner une photo floue de moi. Elle a été prise par mon père le jour où il s'est décidé à se mettre à la photo pour impressionner sa copine (elle est islandaise et plutôt sympa pour quelqu'un qui a brisé le cœur de ma mère et toute notre famille). Il s'est essayé à des réglages alambiqués et il a tremblé. Résultat : je ressemble à une chèvre qui porte un anorak.

Je te laisse, je suis en train de mettre au point une nouvelle recette pour mon chat. C'est un soufflé de croquettes au fromage à hamburger. Je l'ai assaisonné d'un peu d'herbe à chat. J'aime cuisiner pour les animaux, mes recettes ont toujours du succès. Est-ce qu'il y a des restaurants pour les animaux ? J'en doute : ils risqueraient de se manger entre eux avant qu'on ait le temps de les servir.

Bonne soirée.
Max

P.-S. Tu m'écris que tu es dans une prison avec deux personnes. C'est une miniprison ? Un genre de camping-car ? Bizarre, bizarre.

21 octobre

Max,

Non, je ne suis pas dans une miniprison, ni dans un camping-car. Il y a trois filles et cinquante-trois garçons. Les filles sont dans une unité séparée de celles des garçons, mais nous avons cours ensemble. C'est un établissement pénitentiaire pour mineurs, un EPM.

J'ai réalisé avec ta lettre qu'il n'y avait pas d'animaux ici. C'est dommage. Les chats ressemblent aux gens qui sont en prison : ils se méfient de tout. Ils y auraient leur place et ils apporteraient un peu de douceur.

J'ai ri en te lisant, tu as donc un certain sens de l'humour. Ou alors l'enfermement commence à m'attaquer le cerveau.

Beaucoup de surveillants ont l'air contrariés. Il n'y a que mon éducatrice qui sourit. C'est un réflexe, je pense qu'elle ne s'en rend même pas compte. Elle veut me faire croire qu'elle ne me juge pas. Je la soupçonne d'être un robot. Pendant mes séances, j'essaie de visualiser ses branchements, ses câbles, ses boutons. Quand elle se lève, j'imagine des pistons et des mécanismes qui s'articulent. Je la vois deux fois par semaine et je ne sais pas quoi lui dire. Ça me rend triste, j'aimerais qu'elle se sente utile.

Le temps passe au ralenti. Avant la prison, je ne m'ennuyais jamais. Je lisais, je rêvassais. Mais ici, je n'arrive plus à laisser mes pensées vagabonder, comme si mes capacités imaginatives étaient anéanties par les murs et les verrous. Je me sens à la fois enfermée à l'intérieur de moi-même et absente.

Je me souviens du dernier dîner de Noël. Ma famille s'était réunie dans la maison de campagne de ma grand-mère paternelle. Mes oncles et mes tantes ont débarqué avec leurs enfants bruyants et épuisants.

Il y a eu deux repas interminables, les adultes parlaient de leur jeunesse et racontaient des anecdotes sans intérêt sur leurs voisins, comme s'ils déroulaient une pelote de laine perpétuelle. C'était un enfer.

Pourtant j'avais réussi à utiliser tout cet ennui

et tout ce vide : je m'étais rendue invisible, j'avais disparu dans mes rêveries. En prison, je ne sais plus rêvasser. Je suis en permanence là où se trouve mon corps. Je subis tout ce qui est autour de moi.

Ici, tout le monde fait du sport. On dirait parfois un club d'athlétisme. C'est un comble : dans le gymnase, la prison respire la santé. Même moi, je m'y suis mise. Le sport permet de s'oublier et de faire quelque chose de son agressivité.

J'ai accroché ta photo floue sur le panneau d'affichage en liège, au-dessus de mon lit. Je la trouve réussie. Il me semble que tu ressembles plus à un bouquetin des Pyrénées qu'à une chèvre (les animaux de la montagne sont une de mes passions bizarres). J'espère que ton père a continué la photographie. Je ne comprends pas pourquoi les gens s'obstinent à prendre des photos nettes. Quel intérêt si c'est pour rendre exactement compte de la réalité ? Quand je sortirai, j'irai prendre des photos floues de marmottes.

J'aime bien penser que tu es un bouquetin flou des Pyrénées qui porte un anorak.

Bonne journée.
Flora

25 octobre

Flora,

Je suis un peu déçu que tu ne sois pas dans une miniprison. Je trouvais ça original.

Je n'ai pas d'éducatrice : j'ai un psy. On ne communique que par téléphone. Il m'appelle tous les mardis à dix-sept heures. Je ne réponds pas. Il parle à mon répondeur. Je le rappelle à un moment où je sais qu'il ne pourra pas décrocher (en général, le mercredi vers deux heures du matin), et je lui laisse un message. C'est une drôle de thérapie, mais je ne me sens pas capable d'avoir un vrai dialogue avec lui.

Tout ce que tu me racontes sur toi et la prison me touche. Ça me fait frissonner et réfléchir.

Je vais collecter des choses réconfortantes à te

dire. C'est du travail, il n'y en a pas beaucoup autour de moi.

Je t'envoie des pensées positives, j'espère qu'elles passeront les détecteurs de métaux et les contrôles.

Amitiés.
Max

27 octobre

Cher Max,

Pour une fois, il s'est passé quelque chose. Ce matin, mon avocate m'a appelée pour me prévenir que la mère d'Émeline allait venir me voir au parloir.

Elle est arrivée en début d'après-midi et elle m'a annoncé qu'Émeline avait ouvert les yeux. D'après les médecins, elle est en « état végétatif ». Elle n'est pas encore réveillée, mais plus vraiment dans le coma. Apparemment, c'est un bon signe de rétablissement.

Je vois bien que sa mère me déteste, elle ne prend pas la peine de le cacher. Surtout, elle me parle en séparant toutes les syllabes comme si j'étais stupide. J'imagine qu'elle préfère se dire que la personne qui a frappé sa fille chérie est débile. C'est plus confortable.

Je pense qu'elle est venue m'annoncer cette nouvelle en personne parce qu'elle voulait me voir fondre en larmes. Elle attendait des excuses, des remords. Mais j'ai juste dit « Ok » et j'ai demandé à retourner dans ma cellule. Après le départ de la mère d'Émeline, mon éducatrice m'a engueulée. Elle m'a dit que j'aurais pu faire un effort. Au procès aussi, on voulait tout le temps que je m'excuse, que je regrette. Mais je n'ai pas de regrets.

Tu vas peut-être trouver ça choquant, mais Émeline mérite ce qui lui est arrivé. La violence venait d'elle, simplement elle était moins specta culaire. Elle n'était pas physique.

Une fois seule, allongée sur mon lit, j'ai pensé à tout ce qui pourrait arriver si Émeline se rétablissait complètement. Elle pourrait venir me voir en prison et m'insulter, et je serais obligée de l'écouter. Elle aurait le champ libre pour recommencer à me harceler. Tout à coup, l'idée qu'elle puisse se venger m'a terrorisée.

Je fais souvent le même cauchemar. Émeline apparaît dans un couloir de la prison, dans une salle du lycée et elle convainc les autres de se liguer contre moi. Et je suis incapable de réagir. Je n'arrive ni à parler ni à bouger.

Après ma sortie de prison, je voudrais partir dans une autre ville ou un autre pays, comme ces Japonais qui s'évaporent. Tu en as entendu parler ? Ce sont des hommes qui ont perdu leur travail, qui sont surendettés ou qui fuient les yakusas, alors ils disparaissent sans rien dire à leur famille, ils changent d'identité et recommencent leur vie, libérés de leur passé. Je voudrais disparaître pour qu'Émeline ne puisse jamais me retrouver.

Pour autant, je ne souhaite pas qu'elle meure. J'aurais commis un crime au lieu d'un délit. Et je ne veux pas être une meurtrière. Je veux juste ne plus jamais entendre parler d'elle.

Ç'a été une journée sombre. Penser à toi en train d'imiter un oiseau dans ta chambre m'a redonné le sourire. Je ne voudrais pas que tu disparaisses.

Flora

1er novembre

Flora,

Je comprends ce que tu écris et je ne comprends pas. Sur internet, j'ai trouvé un article qui raconte ton histoire sans te nommer. Il donne quelques détails de la scène, la manière dont tu as frappé cette fille avec la tranche d'un livre en plein visage, ton acharnement. J'avais l'impression de lire de la science-fiction. L'idée de confrontation physique m'est aussi étrangère que celle de sauter en parachute. Je ne supporte pas la violence. Ça me rend malade.

Tu es pour moi un objet d'étonnement. Je lis tes mots, tu es chouette et futée, tu es drôle aussi, et je ne comprends pas que tu aies pu lever la main sur quelqu'un. Je ne te juge pas. Je suis juste ébahi, comme si j'avais vu un fantôme. Il y a beaucoup de choses qui m'échappent chez les êtres humains (le fait qu'ils soient si peu humains, principalement).

Je crois qu'il est temps de t'avouer ce qui nous rapproche.

Moi aussi, je suis enfermé. Mais ma situation est différente de la tienne, je le sais, plus douce et mille fois plus enviable. J'ai choisi de m'enfermer dans ma propre maison. Pourtant je n'ai pas commis de crime.

Je te disais que je ne supportais pas la violence physique. Mais je ne supporte pas davantage la violence psychologique des rapports humains habituels. La réalité est trop dure pour moi. J'ai l'impression que la vie quotidienne passe son temps à me tabasser.

J'ai quitté le lycée fin septembre suite à une crise de tétanie très violente. Je me suis mis à trembler et j'ai perdu connaissance. Les pompiers m'ont raccompagné chez moi.

Le lendemain, j'ai ouvert la porte : les tremblements sont revenus. Je n'ai pas pu mettre les pieds dehors. Désormais, je ne peux plus sortir de ma maison. Ça paraît fou mais c'est vrai : *je n'y arrive pas.*

Mon psy m'a dit un truc très malin : « Peut-être que l'enfermement est une protection pour vous.

Vous mettez le reste du monde à l'écart ; ainsi, vous êtes libre. »

Je crois qu'il a raison : ma chambre est vaste comme l'Univers. J'ai mes livres, mes disques, mon ukulélé, mon ordinateur. La vraie vie est ici, elle n'est pas en classe, elle n'est pas dans la cour du lycée, elle n'est pas avec les autres. Pour supporter le monde, je le digère, je le fais passer par des canaux qui l'adoucissent : internet, la musique, les livres, les films. Je suis heureux d'être chez moi jour et nuit. Mais mes parents sont inquiets et malheureux (ce qui leur laisse peu de temps pour se concentrer sur leurs propres névroses, et c'est bien dommage).

Mes parents sont divorcés, je vis chez mon père et sa copine, ma mère a une vie amoureuse très tumultueuse et elle déménage souvent. Le point positif est que, depuis que je ne sors plus, leurs rapports se sont adoucis. Ils se parlent sans se disputer. Leur inquiétude à mon égard apaise leur relation. Ils ont l'impression d'avoir raté quelque chose dans mon éducation. Mais je peux te le dire : ils n'ont rien raté. C'est le monde qui est raté, et ils n'en sont pas responsables.

Depuis le début de cette lettre, j'ai réfléchi à la violence. À la tienne, à la violence en général. Tu as réagi radicalement, entièrement, comme l'expression honnête de ce que tu es : un être capable de résister. Je te comprends mieux, d'autant plus que j'identifie cette violence en moi, par exemple, dans ma décision de m'isoler. Je ne frappe pas les gens, je les fais disparaître.

Je te laisse, je vais essayer de dompter mon ukulélé. Pour l'instant, je suis le plus mauvais musicien du monde. Mon chat s'enfuit dès que je commence à jouer.

Max

4 novembre

Max,

Internet me manque. J'ai pu emporter mon ordinateur portable, mais il a été contrôlé et bridé. Impossible de capter un réseau.

J'aime surfer au hasard sur le web, me passionner un instant pour un sujet minuscule : la collision d'une comète avec le soleil ou le mammifère le plus petit du monde (la musaraigne étrusque, elle mesure moins de 5 cm de long).

Super que tu fasses du ukulélé. C'est une petite guitare, non ? Moi, j'avais commencé à apprendre à jouer de la scie musicale avant d'arriver ici, mais on ne m'a pas laissée l'emporter (tu m'étonnes). Tout ce qui ressemble, même de très loin, à une arme est interdit. Pas de verre, pas de métal (hormis le mobilier). C'est un monde étrange, de papier et de plastique (le pétrole a de l'avenir en prison). On devrait aller encore plus loin : les murs pourraient être en carton, et les barreaux tissés avec des fils de laine. La vie y serait plus douce, ça ressemblerait au décor d'un film de Michel Gondry.

Comme je suis emprisonnée, je comprends difficilement que tu aies choisi de rester chez toi. Je fais en sorte de sortir le plus souvent possible. J'ai besoin de respirer. Le seul espace extérieur dont on dispose est la cour de promenade. Elle se trouve au milieu de la prison. C'est une grande surface bétonnée avec un terrain de sport. Par beau temps, les détenus y font de la course à pied ou du foot. On peut les observer depuis les cellules. Moi, je n'en peux plus du sport, alors je mets mon parka vert et mes moufles à motifs amérindiens, je m'installe sur un banc en bordure du terrain et je lis.

Tu as déjà essayé de tourner les pages avec des moufles ?

De temps en temps, un ballon me frôle, mais je ne dis rien. Tout le monde est tendu ici, j'essaie de rester zen. Il vaut mieux être prudent, j'imagine que beaucoup de mes codétenus ont des problèmes de violence (moi y compris, semble-t-il). Chaque regard, chaque conversation, chaque geste peut mener à un affrontement. L'enfermement exacerbe les émotions. On devrait plutôt nous apprendre à transformer notre colère.

Je commence à me sentir mieux avec les autres détenus. La journée, les cours sont mixtes et obligatoires. Je poursuis mon programme de terminale L pour en finir le plus vite possible avec l'école. Je reçois mes cours par correspondance et je travaille dans la même salle que ceux qui préparent leur brevet. Les enseignants sont disponibles pour m'aider.

On me traite d'intello, mais d'une manière plus douce qu'au lycée. Peut-être qu'ici on m'en veut moins d'avoir des facilités à réussir en cours, puisque au final je suis comme les autres : moi aussi j'ai fait une connerie.

Souvent, je pense à tout ce que je vais retrouver en sortant et qui me manque :

- Ma scie musicale
- Le cinéma
- Les mouchoirs à l'eucalyptus

- La forêt
- Les tartes aux cerises
- Internet
- Ma bibliothèque et mes disques
- Les robes
- Les crêpes au sucre
- Mon stylo à plume

À bientôt.
Flora

6 novembre

Flora,

J'aime ta liste. Quelle belle manière de se présenter. Maintenant, j'ai une idée plus précise de ta personnalité. Ce portrait est mille fois plus ressemblant qu'une photo. Je rêve d'un appareil photo qui capterait non pas notre apparence, mais nos goûts, nos passions et nos peurs.

Tu joues de la scie musicale ! Je suis impressionné. J'ai passé deux heures à regarder des vidéos sur le sujet sur internet. On dirait de la musique de films d'horreur (et j'ai aussi découvert l'incroyable musaraigne étrusque, j'aimerais bien en adopter une, même si je pense que je la perdrais en cinq minutes ou que mon chat la mangerait – j'essaie de l'éduquer à la grande cuisine, mais il a gardé des goûts très basiques).

Tu as raison : un ukulélé est une sorte de petite guitare à quatre cordes qui sonne comme une boîte de conserve. Le son est à la fois doux et bizarre. C'est un instrument attachant, pas impressionnant, qui m'évoque un petit animal malade. Pour l'instant, je sais jouer huit accords.

Maintenant, moi aussi, j'ai envie de dresser des listes. Avant de t'écrire, j'avais commencé une liste de mes médicaments préférés. Il faut que tu saches que je suis souvent malade, mais ce n'est jamais grave. Mes maladies sont comme les animaux d'un zoo. Je leur parle, je tente de les apprivoiser et d'en tirer des choses positives. Donc plutôt qu'une liste de médicaments, je vais te donner celle de mes maladies.

J'ai de l'asthme, des migraines, la maladie de Raynaud (mauvaise circulation du sang), je boite un peu suite à une malformation congénitale de ma jambe gauche, j'ai de légers acouphènes et des insomnies, je suis un peu hypocondriaque et, dès que je me trouve dans une situation inconfortable, je fais une crise d'angoisse.

Mes amis sont des maladies, des livres, des jeux, mon ordinateur, des plantes (je pense au bambou près de mon lit), des objets (mon mug fétiche avec le portrait de Mary Shelley, une de mes héroïnes).

Mon psy et mes parents voudraient que j'aie des amis humains. L'idée est intéressante, mais pour l'instant je n'ai jamais rencontré quelqu'un dont je me sente proche. J'espère que ça viendra.

Aujourd'hui, je suis déprimé. As-tu un remède pour échapper à la mélancolie ? Moi, je m'assieds en tailleur et je médite. Je fais le vide dans ma tête. Il m'arrive aussi de lancer une balle en caoutchouc contre le mur (mon père déteste, toute la maison résonne). Je lis, je dessine, je joue à des jeux vidéo. Je me balade sur internet. Je regarde plusieurs épisodes d'une de mes séries favorites à la suite. Pas de remède miracle, mais de petites choses qui aident.

À très vite.
Max

8 novembre

Cher Max,

Quand je suis déprimée, je fabrique des marionnettes avec de vieilles chaussettes. Je leur donne l'apparence d'artistes et de scientifiques que j'aurais aimé rencontrer. Ils me comprennent, ils me conseillent. On parle du lycée, de l'amitié et de l'avenir. En prison, j'ai fabriqué une marionnette Sylvia Plath pendant l'atelier d'arts plastiques du mardi. C'est une poétesse et une écrivaine américaine que j'aime beaucoup. Pour faire son corps, j'ai utilisé une chaussette verte. Elle a des cheveux en laine jaune, une jupe découpée dans un vieux t-shirt et elle tient un petit stylo en carton roulé. Je la cache sous mon matelas pour éviter qu'on se moque de moi. Je la sors le soir quand je suis sûre d'être seule.

Ah oui, dis donc, tu as du talent pour les maladies. À quoi ça ressemble, une crise d'angoisse ? Parfois je trouve ça rassurant d'être malade. Le corps nous rappelle qu'il existe, comme s'il se vengeait d'avoir été trop négligé.

J'ai eu une hépatite A à l'âge de onze ans. Ç'a été long, j'ai fait plusieurs rechutes. J'ai raté l'école la majeure partie de l'année et j'ai dû redoubler ma sixième. J'étais si malade et si fatiguée que je n'arrivais à rien faire. Je dormais autant qu'un chat et, le reste du temps, je regardais des films, des séries et des dessins animés. Je connaissais le programme télé par cœur. Mes souvenirs sont un peu vagues, mais je me rappelle le jour où j'ai retrouvé toutes mes forces, où j'ai senti que mon corps existait à nouveau, entièrement. J'ai eu l'impression de renaître.

L'autre jour, j'observais ma cellule et j'ai pensé que je pourrais te la décrire.

Imagine une petite chambre de neuf mètres carrés dont la porte blindée ne se ferme à clef que de l'extérieur. La journée, on peut circuler comme on veut, pour aller à la bibliothèque, en cours, dans le gymnase. La nuit, la porte est fermée.

Il y a un lit, un petit bureau, une chaise pas très confortable et une fenêtre qui donne sur la cour. Tout est en fer et fixé au sol par des rivets. Une télé est accrochée en hauteur. Je ne l'allume pas beaucoup. La télé est une manière de combler le temps et de s'oublier. Mais c'est un piège, j'essaie d'y résister. J'ai aussi un petit placard avec mes vêtements et une étagère avec des livres. Et puis du papier, des stylos, mes cours, mon ordinateur. Ma cellule est très monacale. Sur le mur près de mon lit, il y a un panneau en liège. J'y ai accroché des images et des citations. J'ai aussi collé des étoiles phosphorescentes au plafond. La journée, on ne les voit presque pas, je pense que personne ne les a remarquées. Elles ne sont là que pour moi.

Je trouve ce minimalisme étouffant. Normalement, je suis plutôt du genre bordélique. Alors je range chaque jour ma « chambre » avant l'inspection, puis je la remets en désordre.

Je suis seule dans ma cellule et j'ai ma propre salle de bains : une petite pièce attenante avec des toilettes, un lavabo et une douche. En fait, ça ressemble à une chambre d'hôpital, mais sans perfusion, sans médicaments et sans infirmiers. Avec des maladies qui n'ont pas de nom, ni de remède.

Quand je m'ennuie, j'essaie d'imaginer pourquoi les autres sont là. Je leur invente de nobles motifs d'incarcération. J'en fais des justiciers et des héros incompris, ça rend l'atmosphère plus douce.

Tout le monde est tellement en colère ici, c'est épuisant. Cet après-midi, en cours, un garçon a piqué une crise parce que quelqu'un s'était assis à sa place habituelle.

À bientôt.
Flora

10 novembre

Flora,

Je serais très curieux de voir ta marionnette. J'ai lu la fiche Wikipédia de Sylvia Plath. Je suis triste d'apprendre qu'elle est morte si jeune. J'ai parcouru ses *Journaux* et je les trouve magnifiques et inspirants. Elle écrit par exemple : « Mais comment font les gens pour être ensemble ? »

Aujourd'hui, je vais te décrire un lieu et une émotion.

Ma chambre n'est pas aussi spartiate que ta cellule. Mon père est assez large d'esprit, donc j'ai eu le droit de coller des images sur les murs et le plafond (affiches de films, portraits d'artistes, d'écrivains et de musiciens que j'aime). Mes vêtements sont entassés en désordre dans mon placard. Il y a des piles de magazines à l'entrée de ma chambre (je mets du temps à jeter les choses), ils portent sur tous les sujets, car tout me semble intéressant. Je demande à mon père de me rapporter un nouveau magazine chaque semaine. J'ai appris des tas de choses sur le surf, les courses de chevaux, la politique internationale, la Grèce antique, les motos. Au final, je crois que je peux parler cinq minutes sur énormément de sujets, mais très vite la superficialité de mes connaissances se révèle.

Ma chambre mesure à peu près trois mètres sur cinq. Mon lit est un lit de taille moyenne et par souci d'économie j'ai toujours les mêmes draps que quand j'avais dix ans, donc je suis au regret de te dire qu'ils sont aux couleurs d'un certain superhéros avec une cape rouge et un collant bleu.

Merci pour ta question concernant les crises d'angoisse. La plupart des gens ne prennent pas la peine de s'informer. Ils ont déjà été angoissés, ils ne voient pas le problème.

Mais être angoissé et faire une crise d'angoisse sont deux choses aussi différentes qu'une averse et un tsunami : leur seul point commun, c'est l'eau.

Une crise d'angoisse est une émotion qui me tombe dessus et dans laquelle je tombe. Mon corps et mon esprit sont entièrement pris. J'ai la certitude que je suis en train de mourir. J'ai du mal à respirer. Je me sens poursuivi, en danger, prisonnier entre quatre murs qui se rapprochent. C'est atroce.

Heureusement, ce n'est pas grave. Si on considère que l'impossibilité d'avoir une vie paisible en société et des rapports humains ordinaires n'est pas une chose grave. Clairement, c'est un handicap. Il n'est pas définitif. Il y a des psys, des médicaments, des parents, des amis parfois, et notre capacité à inventer des ruses pour vivre malgré tout. Je tâtonne toujours.

Belle journée à toi.
Max

13 novembre

Max,

Puisque tu m'as parlé de tes crises d'angoisse (ça doit être vraiment terrible), je vais t'avouer quelque chose : depuis l'agression, je prends des médicaments et je vois un psychiatre une fois par semaine. Il me dit que le traitement a pour but de « m'apaiser » et de calmer ma colère. J'ai l'impression qu'on me les donne surtout pour que je supporte mieux l'enfermement. Les premiers jours du traitement, je me sentais à la fois calme et en proie à une grande inertie. C'était très désagréable. Maintenant, ça va mieux. Je m'y suis habituée.

Je suis heureuse que tu aimes Sylvia Plath. J'ai emporté avec moi ses *Journaux* et son roman *La cloche de détresse.* Je ne pouvais pas prendre beaucoup de livres en prison, je me suis donc limitée à ceux dont j'ai besoin pour mes cours, et à mes préférés : ces deux-là et *Le livre de l'intranquillité* de Fernando Pessoa. Chaque jour, j'y pioche des phrases que je me répète à voix haute. Je ne connais pas d'autres écrivains qui parlent de la difficulté de vivre et de la dépression avec autant de force et de vivacité. Parfois j'essaie de convaincre ma marionnette Sylvia Plath de ne pas se tuer. Je lui lis ses propres phrases, des mots pleins de confiance et d'optimisme :

Souviens-toi, souviens-toi, c'est maintenant,
et maintenant, et maintenant. Accroche-toi
à chaque instant, vis-le, ressens-le.

Je me dis qu'elle a dû oublier ce qu'elle écrivait. Elle n'aurait pas pu se suicider, sinon.

Je crois que je suis devenue copine avec les deux autres filles de la prison. Enfin, je ne sais pas si c'est le bon mot. Disons qu'elles m'ont acceptée. Elles s'appellent Amel et Cynthia, elles ont quinze et seize ans. En dehors de la prison, on se serait sans doute ignorées, mais ici, les règles sont différentes.

Hier, elles ont essayé de m'apprendre à danser.

Elles ont mis de la musique dans notre salle collective et ont entamé une chorégraphie. Je les regardais, à la fois amusée et impressionnée. Amel m'a invitée à les rejoindre. J'ai refusé, alors elle m'a prise par la main. Elles m'ont montré quelques mouvements. J'arrivais à peu près à coordonner mes jambes et mon bras gauche, mais pas mon bras droit, qui ne faisait absolument rien de ce que je lui demandais. Elles ont fini par abandonner. Cynthia a dit que j'étais une cause perdue. Alors j'ai mis un disque des Clash et je leur ai appris à secouer leurs cheveux comme de vieux rockeurs.

Mon éducatrice m'a engueulée parce que je sèche le sport depuis quelques jours. C'est quand même fou cette obsession, je ne m'y habitue pas. Tu imagines un monde où on a plus d'heures de sport que de cours ?

Avant-hier, Amel m'a vue t'écrire et m'a demandé de l'aider à rédiger un courrier. Elle essaie d'obtenir une libération conditionnelle pour sortir avant la fin de sa peine. Son éducatrice lui a conseillé d'écrire une lettre où elle s'engage à se tenir tranquille (elle a été arrêtée parce qu'elle vendait de la drogue). Elle veut aussi que je lui prête un livre. J'ai l'impression de commencer à trouver ma place ici. Aider les autres m'apaise.

Il y a un garçon qui drague très lourdement Cynthia. Comme si sa beauté et sa coquetterie étaient une invitation. À chaque fois qu'on est ensemble, en cours ou dans les ateliers, il s'approche d'elle, la colle, fait des remarques sur son physique. Et quand elle le repousse, il l'insulte, la traite de salope, d'allumeuse. Je ne sais pas comment réagir. Cynthia ne veut pas en parler aux surveillantes, elle a peur des représailles. Quelquefois j'ai l'impression que je pourrais frapper ce type comme j'ai frappé Émeline. Je ne me reconnais pas.

Tout de même, la vie en prison me semble un peu plus douce depuis que la marionnette Sylvia Plath est avec moi. Je sais que c'est absurde, mais j'ai l'impression qu'une amie est à mes côtés. Je l'ai prise en photo avec la webcam de mon ordinateur, mais je ne peux pas l'imprimer. Je t'envoie un dessin la représentant.

À très bientôt !

Flora

15 novembre

Chère Flora,

Ton dessin est très réussi. Sylvia a l'air si déterminée, on ne l'imagine pas se suicider. J'aurais voulu la sauver. Lui parler, la rassurer. Lui dire qu'il y a des solutions.

Le suicide, je comprends, j'y ai pensé souvent, mais à chaque fois c'était pour le rejeter violemment. Le désespoir est mon adversaire. Pas la vie. Alors je me bats. Je crois que Sylvia aurait dû rencontrer plus de gens dépressifs : ils sont bien placés pour aider, comprendre, encourager, donner de l'espoir.

Je trouve ça beau que tu la fasses revivre grâce à une marionnette. Et puis ainsi tu as de la compagnie. Je crois en l'amitié des êtres inanimés, des esprits, des objets, des morts, des personnages de fiction. Ils ont les mains plus chaudes et plus de conversation que la plupart des vivants.

Je suis content que tu aies des amies.

Je vois que la prison ne change rien à la nature humaine : le sexisme et les rapports de force sont toujours la règle. Cette civilisation est bien mal éduquée. Je me sens comme un extraterrestre.

J'aime la manière dont tu parles de la prison : tu n'éludes pas les choses difficiles et tu avances, tu es optimiste. Ton exemple me donne le désir de changer.

Mon père a encore râlé pour que je sorte. Il m'a crié dessus et s'est immédiatement excusé. Tu parles d'une logique éducative.

Hier, il m'a proposé de passer Noël en Islande, le pays d'origine de Sofia, sa copine. Elle m'a montré des photos de geysers et de sources chaudes. Elle m'a parlé de la beauté de la nature, des grands espaces et des champs de lave. Je suis allé vomir dans les toilettes. Je dois bien admettre que ça a l'air fantastique. Mais je ne peux même pas aller à la boulangerie, alors en Islande… J'en conviens, ce pays est attirant : il y a peu d'habitants. On doit y être tranquille. En même temps, je ne suis pas sûr d'aimer toutes leurs coutumes. Je ne sais pas si c'est l'influence nordique, mais Sofia et mon père se baladent dans la maison en petite tenue ou même nus. L'horreur.

Ma mère est venue prendre le thé hier soir (finalement mon père a ouvert une bouteille de vin). Elle m'a dit : « Ta conduite nous pose problème parce que tu ne te forces jamais. Mais ce n'est pas la vie, Max. Tu dois sortir, te confronter aux autres. Pas seulement par nécessité, mais aussi parce que c'est enrichissant. »

Cette leçon de morale m'a déprimé. Je ne refuse pas les relations humaines, simplement les discussions avec les gens du lycée m'étaient douloureuses. Entrer en interaction avec eux ne m'a jamais semblé enrichissant.

Pour montrer que je fais des efforts, au moment où ma mère allait sortir, j'ai passé mon bras à l'extérieur. Mes parents et Sofia ont souri comme si j'avais accompli un exploit. Moi, j'ai surtout trouvé que l'air était froid.

Bonne journée.

Max

17 novembre

Max,

Tes parents m'ont l'air un peu à côté de la plaque. Du moins autant que les miens. Je me demande parfois s'il est inévitable de ne pas se comprendre entre parents et enfants.

Samedi, mon petit frère a accompagné mes parents au parloir. C'était la première fois qu'il venait me voir ici. (Il a treize ans et il s'appelle Corentin. Tu as des frères et sœurs, toi ?) Il était gêné. Ça m'a rendue triste.

Mes parents ont voulu discuter de mon futur et de la vie après le bac. Ils m'ont demandé si j'avais de bonnes notes, si je mangeais bien, si je dormais bien.

(Il faudra que je te parle de la nourriture de la prison, un jour. À côté, la cantine du lycée est un restaurant gastronomique.)

Mon père m'a aussi demandé si je pensais à téléphoner à mes amies. Mais quelles amies ? Ni Inez, ni Maelys, ni Paula n'ont cherché à avoir de mes nouvelles. Aucune ne m'a défendue au tribunal, aucune n'est venue raconter les insultes et les moqueries. Je m'en doutais, car, à partir du moment où Émeline a décidé que toute la classe devait me détester, elles m'ont ignorée. Elles ont été plus fidèles à leur soumission à cette fille qu'à notre amitié. J'ai découvert à ce moment-là qu'on n'avait jamais été amies, on passait seulement du temps ensemble.

Avec Cynthia et Amel, c'est sans doute un peu pareil, mais partager le quotidien de la prison crée un genre de solidarité entre nous. Une fois dehors, on ne se verra probablement plus, mais, tant qu'on est ici, on se soutient.

Le garçon qui harcelait Cynthia l'a agressée hier. C'était à la fin du cours, je parlais avec la prof et, au moment où ils sortaient de la salle, il l'a poussée dans un coin et a commencé à la tripoter. Heureusement, une surveillante l'a tout de suite repéré et s'est interposée. Le type a été mis en cellule d'isolement pour au moins une semaine, et sa peine va sûrement être allongée.

Cynthia ne va pas très bien. Elle est à l'infirmerie depuis deux jours, elle ne veut plus en sortir. Je vais la voir régulièrement. Elle a peur que cette histoire ne remette en cause sa libération conditionnelle. Elle se sent responsable, elle se dit que son attitude était peut-être provocante. C'est fou comme, en prison, on se considère vite comme coupable. Ça m'énerve. Être une fille n'est pas un appel au viol, ni même à la drague ! Je ne sais pas si tu peux imaginer à quel point j'en veux à ce type.

J'en ai marre de bouillonner chaque fois que je suis confrontée à une injustice. Comme si frapper Émeline avait ouvert la boîte de Pandore de ma violence. Je ne veux pas devenir une fille agressive.

Comment fais-tu ? Tu sembles toujours calme. Tu as l'air de tout prendre avec de l'humour et du recul. Tu sais, je t'admire.

Douce journée.
Flora

19 novembre

Flora,

Je ne te vois pas comme quelqu'un d'agressif. Je sais bien ce que tu as fait, mais tes actes ne sont pas toi. Les circonstances t'ont poussée à agir ainsi. Ça arrive.

Ce que tu dis des petits cons de la prison me met en colère. Il y a des choses qui me font perdre tout mon humour.

Prends soin de toi, je pense à toi et à ton amie.

Max

P.-S. Non, je n'ai ni frère ni sœur, mais qui sait ? Mon père et Sofia vont peut-être se décider, et ma mère devrait bien un jour ou l'autre finir par s'attacher à quelqu'un.

22 novembre

Max,

Merci pour tes mots, ils me font du bien. Je réalise que je ne t'ai pas encore raconté ce qui s'est vraiment passé avec Émeline. Tu as eu la délicatesse de ne pas me le demander.

Tout a commencé au printemps de l'année dernière. Jusqu'à présent, je m'en sortais bien. Je passais suffisamment inaperçue pour qu'Émeline et ses copines branchées m'ignorent.

J'avais apporté ma scie musicale en classe pour un exposé. Je pensais naïvement pouvoir transmettre un peu de mon enthousiasme pour cet instrument. Non seulement ç'a été un fiasco (j'ai très mal joué), mais ma prestation a éveillé l'intérêt sadique d'Émeline : elle s'est rendu compte qu'elle m'avait laissée exister en paix avec mes excentricités. Cette idée lui était intolérable. Je devais souffrir un peu.

Elle s'est d'abord moquée de moi. Elle m'appelait « la scieuse ». J'essayais de rire avec elle, de montrer que j'avais de l'autodérision. Mais c'était une mauvaise idée. Les choses ont empiré. L'après-midi même, elle m'a volé un t-shirt dans les vestiaires du gymnase. Quelques jours plus tard, alors que je terminais un devoir d'histoire dans le couloir avant le cours, elle me l'a pris des mains et l'a déchiré.

Les profs ne voyaient rien de son comportement, et les élèves se taisaient.

Ensuite, il y a eu les vacances de Pâques, et je n'ai plus entendu parler d'elle pendant deux semaines. J'ai retrouvé un semblant de courage, j'étais décidée à me défendre si elle recommençait. Surtout, j'espérais être redevenue transparente. Mais je me trompais.

À la rentrée, les moqueries et les insultes ont repris de plus belle, et ç'a dégénéré. Émeline s'est mise à colporter des rumeurs sur moi : elle disait que je me droguais, que je me prostituais, que j'étais malade, folle. Elle disait qu'il ne fallait plus me parler.

Et petit à petit toute la classe s'est mise à m'éviter. Y compris mes soi-disant « amies ».

J'entendais les élèves chuchoter sur mon passage, me traiter de pute, de pétasse.

Un jour, à la pause-déjeuner, j'ai vu Émeline et son copain s'approcher de moi. Ils m'ont poussée dans le renfoncement d'un couloir. Son copain m'a tordu le bras et coincée contre le mur. Émeline était juste à côté, elle m'insultait, elle l'encourageait avec ses rires. Elle a dit qu'elle allait me pourrir la vie et elle m'a craché dessus. À ce moment-là, il s'est passé un truc en moi. J'ai senti que je perdais le contrôle, que je ne maîtrisais plus mes gestes.

Je me suis dégagée en mettant un coup de genou dans les couilles du mec et j'ai bondi sur Émeline. Je l'ai frappée avec un livre. Elle est tombée par terre et s'est cogné la tête. J'ai continué à frapper alors qu'elle était au sol, manifestement inconsciente. Mais je ne pouvais plus m'arrêter, je débordais d'une rage contenue depuis plusieurs semaines. Le copain d'Émeline est resté prostré, les mains sur son entrejambe, à me regarder la frapper. Un prof est sorti d'une salle, alerté par le bruit, et m'a stoppée. J'ai mis du temps à me calmer et à cesser de me débattre.

Les pompiers sont arrivés et ils ont emmené Émeline sur un brancard. Elle était toujours inconsciente. Je me suis retrouvée dans le bureau de la principale avec son copain. Il a menti, il a nié le harcèlement, les insultes. La principale a dit que ça ne relevait pas de sa compétence, c'était trop grave. Elle a prévenu la police et nos parents.

Le père et la mère d'Émeline ont tout de suite porté plainte. J'ai traîné chez moi tout l'été en attendant le procès, je n'avais pas le droit de sortir. Je portais un bracelet électronique. J'étais bouleversée, je ne réalisais pas vraiment ce qui m'arrivait.

En septembre, au tribunal pour enfants, j'ai dû raconter à nouveau tout ce qui s'était passé, mais c'était la parole de ce garçon, unique témoin de la scène, contre la mienne. Il était bien préparé. Il a retourné l'histoire. Il a dit que c'était moi qui harcelais Émeline. Personne ne me soutenait, à part mes parents. Mon avocate a essayé de convaincre mes anciennes copines de témoigner en ma faveur. Mais, par lâcheté, par peur sans doute, elles ont refusé.

Le copain et les parents d'Émeline ont l'air très respectables. Ils ont beaucoup d'amis. Alors on les a crus.

J'ai été condamnée à six mois de prison ferme.

Une surveillante m'a dit il y a quelques jours que ma peine était sévère.

J'ai vécu à nouveau l'histoire en te la racontant et je me rends compte que c'est encore à vif et douloureux. Je ne savais pas que j'avais toute cette violence en moi (ni toute cette force, d'ailleurs). Je ne suis pourtant pas le cliché de la fille agressive : j'ai été élevée au sein d'une famille stable et banale, une famille polie et policée, dans une banlieue pavillonnaire. Je me débrouillais correctement en cours, j'avais des loisirs, des ambitions, de l'argent de poche et ce qui ressemblait à des amies.

Ce soir, je me sens en colère contre le monde entier. Je vais aller courir dans le froid.

Flora

P.-S. Je me demande si je dois t'envoyer cette lettre. Je me dis que tu pourrais prendre peur. Moi-même je m'effraie.

24 novembre

Flora,

Non, tu ne me fais pas peur.

La trahison de tes amies du lycée est terrible. Les êtres humains sont les choses les moins fiables au monde, même un grille-pain bon marché dure plus longtemps que leurs sentiments. Ton histoire m'émeut et me révolte. Je voudrais t'aider. Je voudrais témoigner en ta faveur.

Tes lettres sont les meilleures choses qui arrivent dans ma vie. Je les guette chaque matin. Elles sont un baume contre mes angoisses.

M'isoler n'a pas tout résolu. Hier, j'ai fait une crise d'angoisse très forte. Je ne pouvais plus respirer, mon corps s'est raidi. Je me suis allongé sur le sol.

Mon père a immédiatement appelé le Samu. Un médecin m'a injecté un bon demi-litre de tranquillisant dans le muscle des fesses.

Je ne sais pas ce qui a provoqué ma crise. C'est peut-être un détail. Une pensée.

Après l'injection du médecin, j'ai été instantanément bien. Il y avait de la lumière et tout était doux.

Mes démons sont intérieurs, et c'est quelque chose que je ne peux pas fuir. Je compte parler plus souvent à mon psy.

Comme tu vois, je ne suis pas si calme. La violence, je la retourne contre moi. Ce n'est pas plus sain que de la tourner vers les autres.

Belle journée à toi.

Max

26 novembre

Max,

Je suis triste à l'idée de savoir que tu as eu une crise d'angoisse. J'espère que tu vas mieux. Parfois je pense à toi et je me demande à quoi tu es occupé. Je te vois assis devant ton ordinateur, ou essayant de jouer un nouveau morceau au ukulélé. Je me dis que t'imaginer heureux t'aidera peut-être à aller mieux. On appelle ça le pouvoir de l'intention. Je ne suis pas sûre d'y croire, simplement cette idée me réconforte. Un peu comme la religion. Je ne crois pas en Dieu, mais je comprends tout à fait qu'on puisse être croyant. En tout cas, tes lettres illuminent mon quotidien. Tu m'aides à apprivoiser l'enfermement parce qu'avec tes mots je ne suis jamais seule. Penser que tu es là, dehors (et toi aussi enfermé), rend la vie plus douce.

De temps en temps, des artistes viennent animer des ateliers à la prison. Parfois ce n'est pas très intéressant ou alors les intervenants ne savent pas s'y prendre (comme cet atelier mosaïque qui a fini en bataille de morceaux de carrelage). Depuis deux semaines, on a un atelier cinéma, tous les samedis. L'intervenante nous prête de petites caméras et des appareils photo. On peut se filmer, parler de nous, de la prison, inventer des histoires. On est très libres. Moi j'essaie de réaliser un film animé en stop motion. Je mets en place une scène en pâte à modeler, puis je prends une photo. Ensuite, je bouge légèrement un élément de la scène et je reprends une photo. On met bout à bout toutes ces images et on obtient un film.

J'essaie de raconter l'histoire d'une femme qui se fabrique elle-même. Au départ, il y a juste un tas de pâte à modeler et petit à petit il en sort un bras, et ce bras se met à construire la femme. Le processus est long et méticuleux, mais passionnant. J'aimerais tellement pouvoir te montrer ma vidéo.

Cynthia va un peu mieux. Elle a accepté de sortir

de l'infirmerie parce que le type qui l'a agressée a été transféré dans un centre pour mineurs où il n'y a que des garçons. L'administration s'est débarrassée du problème, mais ça ne va rien résoudre. Le jour où il sortira, son comportement sera toujours aussi violent envers les femmes.

La pâte à modeler que j'utilise pour mes films sent le bonbon, elle me rappelle ceux que j'achetais dans les boulangeries quand j'étais petite.

Depuis une semaine, j'ai le droit de « cantiner ». C'est un privilège qui nous est accordé si on se conduit bien. On nous donne une liste de produits (hyper chers) qu'on a le droit d'acheter. Il y a à boire et à manger, essentiellement des sodas et des confiseries (comme tu vois, on nous propose un régime très sain), mais aussi des produits d'hygiène, des jeux, des films, de la musique, des livres, des baladeurs… On coche ce qui nous intéresse et on récupère nos produits, quelques jours plus tard. Mes parents versent chaque semaine un peu d'argent sur mon compte de la prison pour mes achats.

J'ai reçu ma première commande cet après-midi et j'ai mangé un sachet entier de Dragibus. Grignoter des confiseries me manquait tellement. J'avais envie de vomir, mais je ne pouvais pas m'arrêter.

En tout cas, je suis heureuse de manger autre chose que les atroces repas du réfectoire.

Mon déjeuner d'aujourd'hui : omelette en carton, carottes molles, riz trop cuit, pain de la veille et compote farineuse. Miam.

Passe une bonne journée sucrée.

Flora

29 novembre

Flora,

Je suis heureux de savoir que tu réalises des vidéos et que tu as des bonbons (les sucreries me paraissent indispensables à la survie de tout adolescent moderne). Mais ta vie en prison est si dure. Je n'imaginais pas ça aussi absurde et désorganisé.

Je vais essayer de te changer les idées.

Depuis que je refuse de sortir, mes parents et Sofia mettent au point des ruses pour m'attirer dehors. Je te cite deux de leurs tentatives :

• M'offrir une place pour un concert de mon chanteur préféré (Micah P. Hinson). J'ai soupiré, je suis monté dans ma chambre et j'ai regardé la retransmission en streaming sur un site pirate.

• Simuler un incendie dans la maison.

J'ai entendu Sofia et mon père crier : « Au feu, au feu ! » Une odeur de brûlé montait du salon. Je sais qu'il ne faut pas sortir dans ces cas-là. J'ai calfeutré la porte de ma chambre avec des serviettes humides et de l'adhésif, et j'ai appelé les pompiers. Cinq minutes plus tard, ils ont ouvert la porte d'entrée à coups de hache et sont tombés sur mon père et Sofia autour d'une bassine en fer dans laquelle brûlait un vieux t-shirt. Ils leur ont collé une amende. C'était très drôle, mais mon père m'a engueulé quand il m'a vu sourire.

Hier, c'était dimanche, et ils ont trouvé une nouvelle idée. Ils ont mis des tréteaux et des planches dans le jardin et ils ont invité des amis à eux pour manger des gâteaux (qui, de loin, avaient l'air délicieux). Il y avait aussi des bonbons et des sodas. Ils ont mis de la musique et ont dansé sur d'horribles tubes à la mode. C'était un spectacle pathétique. Tu imagines que je n'ai pas eu envie de sortir. Ils se sont donnés à fond. J'ai pris des photos pour les faire chanter plus tard. Je me suis commandé une pizza, le livreur est arrivé en trente minutes et j'ai mangé devant un film (mon chat a eu droit à un morceau de fromage et de croûte).

Je t'embrasse.

Max

2 décembre

Max,

Je pensais à notre correspondance l'autre jour et je me disais que c'était incroyable qu'il ait fallu que je sois emprisonnée et que tu quittes le lycée pour qu'on se parle. Nous vivons tout de même dans une société étrange : comment est-il possible que nous ne nous soyons pas trouvés alors que nous étions chaque jour à quelques mètres l'un de l'autre ? On dirait que les vraies rencontres ne sont possibles que par accident.

Cynthia quitte la prison demain. Elle a eu le droit d'organiser une fête, ce soir. Elle veut qu'on danse. J'ai prévu d'apporter un paquet de bonbons et un livre, un tout petit livre qui tient dans ma poche. Il faut des armes pour survivre.

Ça va être étrange après son départ, Amel et moi serons les seules filles. À trois, c'était plus facile : Amel et Cynthia s'entendaient très bien, moi j'étais un peu à part, mais ça fonctionnait comme ça.

Ma vidéo avance, ça me passionne toujours. J'ai eu le droit de conserver la pâte à modeler dans ma chambre pour ne pas avoir à tout reconstruire à chaque fois.

À bientôt.
Flora

4 décembre

Flora,

En matière d'amitié et de relations humaines je ne peux pas te donner de conseils. Je suis une catastrophe sociale. Comme je te l'ai dit, je n'ai aucun ami.

Je suis curieux de ton petit film, j'espère le voir un jour.

C'est une journée particulière. Ce matin, quelqu'un est entré dans ma vie. J'étais en train de lire mes cours de maths sur le canapé du salon quand j'ai entendu un bruit contre la porte-fenêtre qui donne sur le jardin. J'ai relevé la tête. Il y avait une trace rouge sur la vitre. Je me suis approché. Un oiseau gisait au sol. Il remuait encore.

J'ai ouvert la porte-fenêtre. L'air frais s'est engouffré dans le salon.

Je me suis baissé et j'ai tenté d'atteindre l'oiseau blessé. Mais il était trop loin pour que je puisse le toucher sans mettre un pied dehors.

L'oiseau battait des ailes doucement. Un peu de sang coulait de son bec.

Je devais le sauver, mais je ne pouvais pas sortir. *Je ne pouvais pas sortir.* Et mon chat risquait de surgir à chaque instant.

Alors j'ai poussé le canapé en travers de la porte-fenêtre. Le canapé, c'était la maison, j'y étais en sécurité. J'ai marché dessus pour atteindre l'oiseau. Je me suis penché et je l'ai pris dans la main.

Grâce à internet, j'ai appris que c'était un pic épeiche. Sur le site sauverunoiseau.com, j'ai trouvé des conseils pour le soigner. J'ai vérifié qu'il n'avait pas d'os cassés. Je lui ai préparé de la mie de pain mouillée et je l'ai nourri avec une pince à épiler. Je ne dois pas le laisser repartir. Il faut qu'il reste quelques jours sous observation. Comme on n'a pas de cage à oiseaux, je l'ai mis dans la machine à laver. Ainsi, je peux l'observer par le hublot.

Évidemment mon père a râlé : il y avait du linge à laver (parfois j'ai l'impression que les parents sont comme le tribunal de l'Inquisition face à Galilée : ils détestent les idées géniales qui bousculent leur petit monde sans surprise).

Mais l'important est que l'oiseau semble aller mieux. Le chat est resté un moment devant le hublot, puis il s'est lassé.

Prendre soin de ce petit être a illuminé ma journée.

Je t'embrasse.
Max

7 décembre

Cher Max,

Ton oiseau a sauvé ma journée. Tu lui as donné un nom ?

Parfois je suis épuisée. Mes muscles sont ankylosés, mon cerveau patine, le monde est lent. Marcher, penser, parler, tout me demande un effort. Heureusement, il y a tes lettres.

Rien ne fonctionne comme je le voudrais. J'en ai assez de mes cours, de mon ordinateur qui rame, de mon éducatrice qui radote, du psychiatre qui ne parle pas, du temps qui n'en finit pas de passer. J'ai envie de liberté. Je veux dire : pas forcément au sens de sortir de la prison, mais j'ai envie de me sentir libre. Ne plus avoir de cours, de devoirs, d'activités, de rendez-vous, de règles, d'horaires, d'obligations. Je voudrais organiser mes journées comme je l'entends.

Je me sens comme le fantôme de celle qu'on voudrait que je sois. Je me plie à toutes les demandes, et ça me donne l'impression de ne plus exister. Pas parce que je suis emprisonnée, mais parce que j'ai le sentiment de ne plus habiter mon propre monde. Je ne peux pas prendre de décisions. Des choses bêtes et minuscules me manquent, comme allumer les lumières, choisir le parfum de ma confiture au petit déjeuner ou décider de l'heure de mon réveil.

Sylvia Plath m'a donné un bon conseil :

Sors et fais quelque chose. Ce n'est pas ta chambre qui est une prison, c'est toi.

Je me répète cette phrase à voix haute chaque matin.

En ce moment, j'ai envie d'aller voir l'océan. Respirer les embruns, m'asseoir dans l'eau et me laisser porter par le ressac. J'ai envie d'horizon, de voir loin devant moi. J'en ai assez de ces murs, de ces grilles, de ces couloirs sombres et de tous ces gens qui me regardent et me donnent des ordres toute la journée.

Heureusement, une surveillante a eu une belle attention aujourd'hui. Elle avait vu que j'étais déprimée et m'a offert une part de gâteau au chocolat.

Qu'est-ce que tu as ressenti en allant chercher l'oiseau blessé ?

Je t'embrasse.

Flora

9 décembre

Flora,

Déjà, je réponds à ta question : je ne suis pas vraiment sorti pour secourir le pic épeiche, j'étais sur le canapé. Je ne sais pas ce que j'ai ressenti, j'étais concentré sur ce pauvre petit animal. Je ne pensais pas à moi.

Être libre de ses journées, c'est ma réalité, et ce n'est pas simple non plus. Comme toi, je suis mes cours par correspondance. Le programme est le même que celui de mes camarades de première ES qui sont au lycée. Tout est bien expliqué en détail, et puis j'ai internet au cas où un cours serait vraiment obscur. Je suis libre, certes, mais s'organiser et se concentrer pour travailler tout seul n'est pas une mince affaire. Assumer soi-même le rythme de sa journée demande une grande énergie. Il n'y a pas de sonnerie de fin de cours, pas de découpage temporel par matières. Je dois être rigoureux. En général, je m'installe sur la table du salon après avoir débarrassé le petit déjeuner.

Je m'astreins à travailler tous les matins, ainsi mes après-midi sont libres. J'aime cette liberté, mais elle m'épuise aussi. Je ne suis pas aussi productif que je le voudrais.

Non, je n'ai pas donné de nom au pic épeiche. Je suis incapable de dire si c'est un mâle ou une femelle, et je pense que ça ne me regarde pas, donc je ne vais pas chercher à savoir. Il a des plumes douces et brunes. Je suis fier de te dire qu'il a repris des forces (mes petits plats gastronomiques n'y sont pas pour rien). Il est trop tôt pour le relâcher, ses plaies ne sont pas encore cicatrisées. Mon père et Sofia sont heureux que je me sois trouvé une occupation. Ma mère semble rassurée, comme si prendre soin d'un oiseau blessé prouvait que j'étais un être humain normal. Je crois qu'ils craignent que je ne sois un psychopathe (et j'avoue, parfois la tentation est grande d'en devenir un).

Peut-être ne le sais-tu pas, mais le pic épeiche

a pour habitude de frapper le tronc des arbres avec son bec (il creuse des cavités pour attraper les larves). Celui que j'ai recueilli agit exactement ainsi, mais il cogne son bec contre le hublot de la machine à laver. Mon père est inquiet, il a peur que la vitre ne se brise. Et il rouspète : le linge sale s'accumule, on va être obligés de laver nos vêtements à la main.

Je t'embrasse.
Max

11 décembre

Flora,

Tu n'as pas répondu à ma lettre. Je suis inquiet. Tu es peut-être occupée. J'espère qu'il ne t'est rien arrivé. J'ai trouvé le numéro de téléphone de ta prison, mais je n'ai pas osé appeler. C'est étrange, je me suis habitué à ta voix dans les lettres, je me suis habitué à trouver régulièrement un courrier de toi dans les enveloppes bleu clair de la prison.

Il y a eu du changement ici : l'oiseau va mieux ! Mais le ciel s'est aussi assombri. Mon père m'a demandé de participer davantage aux tâches ménagères. Je comprends, c'est normal, mais quand même, pfff ! Alors pour faire la vaisselle, je mets de la musique et je danse (j'ai déjà cassé trois assiettes et deux verres).

Je t'embrasse.
Max

P.-S. Ce midi, j'ai préparé un clafoutis aux croquettes pour mon chat. Il s'est régalé. Quant à moi, je me suis contenté d'un bol de riz avec de la sauce soja. Il faudrait que je me décide à cuisiner pour les êtres humains de temps en temps.

12 décembre

Flora,

L'oiseau est sauvé ! Depuis hier, il s'agitait dans la machine à laver. Il tentait de voler. C'est le signe qu'il est guéri. Je devais donc le relâcher.

Bien sûr, il était hors de question de le libérer dans le jardin : le chat rôde. Je ne pouvais pas me contenter d'ouvrir la fenêtre et de le lâcher en l'air. C'est un oiseau de la forêt, et d'après ce que j'ai lu sur sauverunoiseau.com, je devais le réintroduire dans son milieu naturel. Mais vois-tu, la forêt est à dix bonnes minutes de la maison à pied.

J'ai donc été obligé de sortir de chez moi. L'horreur. Ce n'était pas arrivé depuis presque trois mois. J'ai attendu que mon père et Sofia s'en aillent. Mon père a une petite entreprise de menuiserie, et Sofia travaille avec lui comme ébéniste. Ils quittent la maison à neuf heures.

Mais là, je n'avais pas le choix. Une vie en dépendait. J'ai transféré le pic épeiche de la machine à laver à une boîte en carton dans laquelle j'avais percé des trous. J'ai mis un bonnet, des gants, une veste, un manteau, des bottes, une écharpe, un pantalon et des lunettes de soleil. Mais ce n'était pas suffisant. Je suis allé fouiller dans le garage pour retrouver la bouteille de plongée de mon père. J'ai vérifié qu'elle n'était pas périmée et j'ai attaché la sangle dans mon dos. Je mourais de chaud. Néanmoins, j'étais à l'abri.

J'ai pris une grande inspiration, j'ai mis l'embout de la bouteille d'oxygène dans la bouche et je suis sorti en tenant la boîte avec l'oiseau contre moi. Je tremblais de peur. D'une certaine manière, ces derniers mois, la maison était devenue mon armure. Elle me protégeait du monde extérieur. Sortir, c'était comme me retrouver nu.

Le monde est effrayant : il lui manque un plafond. J'ai regardé le sol et j'ai commencé à avancer. Une voiture a manqué me renverser. Elle a klaxonné quatre fois. J'ai bousculé une dame, et quelqu'un m'a parlé sans que je m'arrête. J'avais l'impression de suffoquer, il y avait de la buée sur mes lunettes. J'avais deux heures d'oxygène.

J'ai fini par atteindre la forêt. Ça sentait bon comme le désodorisant de la salle de bains.

J'ai ouvert la boîte. L'oiseau a sautillé et m'a regardé. Il a tourné la tête dans tous les sens et hop ! d'un coup il s'est envolé. Ça m'a rendu si heureux.

Je suis rentré le cœur léger. Une fois chez moi, je me suis écroulé sur le canapé. J'ai serré la bouteille d'oxygène dans mes bras comme un nounours.

Tu vois, je vis de sacrées aventures. Je ne peux pas écrire davantage tant que je ne sais pas si tu vas bien. Donne-moi des nouvelles !

Je t'embrasse.
Max

11 décembre

Max,

Je n'ai pas beaucoup de temps pour t'écrire, alors je vais être rapide. On me change de prison.

Ce matin, quand la surveillante est entrée dans ma cellule pour me dire de réunir toutes mes affaires, j'ai cru un instant qu'on me faisait une surprise pour mon anniversaire (j'ai dix-huit ans aujourd'hui). Je ne sais pas pourquoi, j'ai pensé qu'on allait me laisser sortir plus tôt, comme si ma majorité me dispensait de purger le reste de ma peine. Mais ce n'était pas ça (évidemment).

En fait, je rejoins aujourd'hui le quartier des femmes de la maison d'arrêt. Je serai avec des adultes. C'est étrange, hier soir j'étais une adolescente, une mineure, et aujourd'hui je suis une adulte. Je me demande ce qui a bien pu changer en moi pendant la nuit pour que je n'aie tout à coup plus ma place ici.

Je ne connais pas encore l'adresse de cet endroit. Je t'écris très vite, dès que je serai installée et que j'aurai à nouveau du papier. J'espère que tes lettres me seront transférées.

Je pense à toi.
Flora

15 décembre

Max,

La dernière fois que j'ai eu de tes nouvelles, tu sauvais un oiseau. J'espère que tu ne comptes pas me remplacer par lui. Bon, tes courriers sont sans doute restés coincés au centre pour mineurs.

J'ai l'impression d'avoir atterri en enfer, ici. Je suis heureusement seule dans ma cellule, mais les douches sont collectives et en mauvais état, et, pour être franche, je n'ai aucune envie de voir les autres détenues nues. Je me lave le plus vite possible en fixant le mur. Tout est vieux et abîmé. J'ai constamment l'impression d'être sale.

Je n'ai pas encore récupéré mes affaires. Elles n'étaient pas dans le fourgon avec moi. On m'a passé un pantalon et un pull. Je ne sais pas si je vais pouvoir retrouver mon ordinateur. Le directeur de la prison m'a dit qu'on n'avait pas le droit d'apporter le sien, mais qu'il essaierait d'obtenir une dérogation. Normalement, il faut en « cantiner » un, c'est absurde.

Je me sens perdue. Les règles sont différentes et plus strictes qu'au centre pour mineurs. Les conditions de détention sont beaucoup plus dures. Je ne peux plus circuler aussi librement qu'avant. Je suis enfermée dans ma cellule, excepté pour les quelques heures de cours ou d'activité que j'ai chaque jour et les sorties en promenade et à la bibliothèque. Il n'y a pas de terrain à l'extérieur, seulement une cour en béton entourée de grillage.

Il y a aussi une salle de classe. Des adultes préparent leur brevet, leur bac ou des diplômes universitaires. Je travaille souvent dans ma cellule, sur le lit superposé au-dessus du mien. Je passe des heures ainsi installée, une couverture en guise de coussin, avec mes livres de cours et mes feuilles de papier. Je me relève souvent avec un terrible mal de dos.

Mon départ du centre pour mineurs a été précipité. Je n'ai même pas pu dire au revoir à Amel, car elle était en cours. Le trajet en fourgon cellulaire n'a pas duré longtemps, mais ça m'a semblé magique de voir les voitures passer et les piétons marcher (honnêtement, je ne pensais pas dire ça un jour). J'avais envie de les rejoindre.

La marionnette Sylvia Plath me manque, j'espère qu'elle va survivre au transfert. J'ai peur que quelqu'un ne la jette.

Je me sens nue et vulnérable sans mes affaires. Je n'ai rien de familier, seulement quelques-unes de tes lettres que j'avais gardées dans ma poche. Je les relis plusieurs fois par jour, ça m'apaise.

À bientôt.
Flora

16 décembre

Miracle, Max ! On m'a apporté mes affaires ce matin, avec tes deux dernières lettres et Sylvia.

Je suis désolée de t'avoir inquiété (et un peu contente aussi, je dois l'admettre). C'est génial que tu aies pu sortir pour relâcher le pic épeiche. Il y a des choses qui valent le coup d'affronter le monde extérieur, j'en suis persuadée. La forêt est un bon abri, je m'y suis toujours sentie bien (ce n'est pas pour rien que tant d'animaux y vivent). Peut-être pourrions-nous planter une forêt autour de chez toi ?

J'ai remis mon vieux pantalon vert en velours râpé et mon pull fétiche. L'air de la prison est plus doux aujourd'hui. Je vois moins les barreaux.

Je t'embrasse.
Flora

18 décembre

Flora,

Je suis rassuré. Il peut se passer tellement de choses en prison, mon imagination est douée pour penser au pire (prise d'otages, guerre des gangs, suicide).

Je suis triste d'apprendre que tu as déménagé dans un lieu si peu hospitalier. Rien ne semble conçu pour faciliter la vie des détenus. On dirait que la prison n'est pas une peine suffisante, il faut aussi qu'on brise le peu de confort que tu as créé. J'espère que tu trouveras des alliées.

De mon côté, rien de spécial. Ma sortie en forêt de l'autre jour ne s'est pas renouvelée. Je n'ai pas été guéri, je ne suis toujours bien qu'à la maison. Qu'est-ce que le monde extérieur a d'intéressant à me proposer qui ne se trouve pas chez moi ? Le virus de la grippe ? Des rapports humains peu satisfaisants ? Ici, tout est parfait. Je lis allongé sur le canapé, j'ouvre le frigo quinze fois par jour, que demander de plus ?

Tu sais, ton déménagement m'a rappelé que tu sors dans trois mois et demi. Que va-t-il se passer quand on pourra enfin se voir ? Je me suis habitué à toi sous forme de lettres. J'ai envie qu'on se rencontre, mais en même temps cette perspective m'effraie. D'une certaine façon, ça m'arrange bien que tu sois en prison. Si ça ne tenait qu'à moi, tu y resterais toute ta vie. Ainsi, on pourrait continuer notre correspondance. Je plaisante. Mais tout de même je suis un peu inquiet. Quand tu sortiras, moi je ne sortirai pas. Tu pourras passer prendre le thé.

Bonne journée à toi et surtout bon anniversaire !

Max

20 décembre

Oh non, Max ! Ce serait l'horreur de rester toute ma vie en prison. Tu n'as qu'à y aller à ma place !

J'ai vu mon avocate hier. Elle m'a annoncé que, dans deux semaines, j'aurai effectué la moitié de ma peine. Je pourrai donc demander une libération conditionnelle. Mais ça m'obligerait à écrire des courriers d'excuse. Et surtout, pour obtenir le droit de sortir plus tôt, il faudrait que je retourne au lycée. Et ça, il n'en est pas question. Je ne veux plus avoir à côtoyer une seule seconde celles et ceux qui ne m'ont pas défendue.

On se dispute régulièrement à ce propos avec mes parents. Ils ne veulent pas que je suive mes cours à la maison. Pour les convaincre, je devrais leur parler de toi, de ton exemple. Mais ils deviennent un peu bizarres et fous dès que je mentionne un garçon de mon âge. Ils me poseraient des questions, ils voudraient te rencontrer.

Ils me font d'ailleurs un peu la gueule parce que je n'ai pas demandé d'autorisation de sortie pour les fêtes. Je préfère rester ici avec Sylvia, mes livres et mon ordinateur. À quoi bon entamer toute une série de démarches pour obtenir le droit de passer une soirée ennuyeuse avec (entre autres) ma tante raciste et ses sept enfants hurleurs ?

Au fait, je ne t'ai pas dit ? On m'a finalement rendu mon ordinateur. Quelle joie, j'ai l'impression de retrouver mon animal de compagnie (il me connaît depuis longtemps, il sait tout de moi et il ne se plaint jamais). Bon, Noël ici sera sûrement hyper glauque. J'imagine que beaucoup de détenues dépriment à cette période.

Les vacances ont commencé, la prison n'échappe pas au calendrier scolaire. Mes journées sont encore moins chargées qu'avant. Je profite de cette solitude pour avancer sur mon film. La pâte à modeler était dans mes affaires, je l'ai récupérée. Comme je n'ai plus de caméra je prends des clichés avec la webcam de mon ordinateur. Je me retrouve parfois dans des positions bizarres, mais je me débrouille.

J'ai rencontré une détenue très gentille. Elle a

une cinquantaine d'années, elle s'appelle Isabella. Hier, on était ensemble à la bibliothèque, je lui ai demandé pourquoi elle était en prison. Elle m'a raconté son passé de braqueuse. Elle ciblait toujours des lieux où les gens travaillent rarement par plaisir : des supermarchés, des fast-foods. Elle n'avait jamais d'arme, il suffisait de demander poliment pour obtenir la caisse. Selon elle, si les gens n'aiment pas leur travail, ils n'essaient pas de jouer au héros.

Mon cher Max, j'ai réfléchi à notre rencontre quand je sortirai de prison. Peut-être faudrait-il qu'on la prépare en douceur ? Tu as déjà ma photo floue, je vais essayer de t'en dire un peu plus sur moi pour que tu ne sois pas trop surpris. Voilà les premiers indices : mes cheveux sont courts et en pétard (parce que je n'arrive pas à les coiffer), je regarde souvent par terre et j'ai de petits pieds.

À très vite.
Flora

P.-S. Je réfléchis très sérieusement à ta question : « Qu'est-ce que le monde extérieur a d'intéressant à proposer ? » Je prépare une liste.

22 décembre

Flora,

J'attends ta liste avec impatience (je suis bien content de savoir que tu as de petits pieds, tu dois payer tes chaussures moins cher).

Comme tu le sais, je prends mes cours par correspondance. Un inspecteur est venu vérifier que tout allait bien et que je ne passais pas mes journées sur internet à jouer à des jeux violents et à regarder des vidéos pornos. Il est arrivé jeudi dernier vers dix-huit heures juste avant le début des vacances. Mon père, Sofia et ma mère étaient présents pour l'accueillir. Ils aimeraient tellement que l'inspecteur ait le pouvoir de me renvoyer à l'école. Mais je connais mes cours (si soporifiques soient-ils), sur ce point je suis inattaquable.

Il s'est passé une chose bizarre. L'inspecteur a à peine parlé à mes parents. Il s'est assis sur le canapé face à moi et m'a posé des questions sur la solitude, la vie à la maison, l'organisation de mes journées, mes humeurs. Et très clairement, il semblait fasciné par mon mode de vie. Il a soupiré et il a pris sa tête entre ses mains. Il semblait au bout du rouleau. Il s'est penché vers moi et a dit de manière à ce que mes parents et Sofia n'entendent pas : « Bien joué, Max. » Il a fermé sa mallette et s'est levé, en mettant son poing au niveau de son plexus comme s'il m'adressait un signe d'encouragement.

Je viens de prendre conscience d'une chose. Ma décision est insupportable pour les adultes (mes parents, les profs, le principal, mon psy...) parce que je m'autorise une liberté qu'ils aimeraient se donner : se soustraire au jeu des relations sociales peu satisfaisantes offertes par le monde. Ils sont jaloux.

Comprendre ça me donne une certaine sérénité. Je suis moins critique à l'égard des adultes. Je les regarde avec davantage de tendresse : ils sont perdus, en fait. Ils ne savent pas qui ils sont, ce qu'ils désirent, s'ils ont pris le bon chemin. Je me braque moins et je n'idéalise plus ma situation. Malgré moi, je sens que je change. Je pense que notre correspondance n'y est pas pour rien.

Il reste que j'ai peur des années à venir. Si j'ai mon bac (bon, il faut déjà que je passe en terminale), je vais devoir suivre des études et mener une vie d'adulte. Je ne pourrai pas rester dans la maison de mon père. Quelle angoisse. Je n'ai pas le choix : je dois m'inventer un avenir possible.

Je t'embrasse.
Max

24 décembre

Max,

Je dois l'avouer, élaborer cette liste n'a pas été aussi simple que je le pensais. J'ai dû me creuser la tête pour trouver de bonnes raisons de sortir de chez soi. Et puis je suis mal placée en ce moment pour parler du monde extérieur.

Mais voilà quelques idées :

• Déjà, il y a la nature. Je ne parle pas de randonnée ou d'expédition dans la jungle, juste la nature, sans humains, sans voitures : les feuilles des arbres qui bruissent, les oiseaux qui chantent, le va-et-vient des vagues, le vent, l'odeur d'humus, les fraises chauffées par le soleil et croquées directement dans le potager, marcher pieds nus dans l'herbe, se baigner, les couleurs des arbres en automne. Et les ciels étoilés en été.

• Les librairies : internet est bien pratique, mais j'aime farfouiller dans les rayons, découvrir par hasard un livre intrigant ou tomber sur un texte que j'ai toujours voulu lire.

• Les cinémas, les musées et tous ces lieux magistraux où l'on est si bien entouré.

• Et puis sortir, ça permet de rendre l'extérieur familier, de transformer d'autres endroits en extensions de chez soi, en lieux où on se sent en sécurité.

• Bon, et plus prosaïquement : c'est pratique de pouvoir aller chez le dentiste.

Hier, en rangeant ma cellule, je réfléchissais à nos situations respectives et j'en suis arrivée à cette conclusion : le vrai luxe, c'est de pouvoir rester chez soi parce qu'on le désire, et non parce qu'on y est obligé. En fait, la meilleure raison de sortir, c'est de savoir qu'on va rentrer chez soi.

Noël est le seul moment où l'on peut envoyer et recevoir des colis en prison, alors voilà mon cadeau (fabriqué avec les moyens du bord).

Joyeux Noël, Max !
Flora

27 décembre

Chère Flora,

C'est Noël ! Quel beau cadeau. Une poupée de pic épeiche. Je l'ai posée à côté de mon ordinateur, elle me tient compagnie quand je t'écris (mon chat l'a reniflée avec suspicion). Tu es douée. Vraiment douée. J'aurais aimé que l'oiseau t'emporte avec lui.

J'ai pris conscience que Noël approchait seulement le 24 décembre, donc la surprise que je t'ai envoyée va arriver un peu en retard. Ç'a été un casse-tête : il fallait que je trouve un cadeau qui puisse passer le contrôle de la prison. Tu verras. Je l'ai emballé dans un joli paquet.

Ce fut un Noël morose et beau. Ma grand-mère maternelle est malade. Elle a été hospitalisée et n'a pas pu passer le réveillon avec nous. On est inquiets pour elle. Mon père et Sofia avaient invité ma mère et son nouveau copain, Bao (très sympa, et pourtant il est juriste dans une maison de disques). On a bien essayé de rire et de s'amuser, mais le cœur n'y était pas. Les quatre adultes ont beaucoup trop bu, j'ai été obligé de cacher des bouteilles dans le réservoir des toilettes.

Il a neigé en milieu de soirée. Tout est devenu plus léger. Sofia a absolument voulu qu'on fasse un bonhomme de neige. Ma mère et Bao ont trouvé que c'était une très bonne idée. Tout le monde s'est tourné vers moi : j'ai fait « non » de la tête. Je n'allais pas sortir, même pour un bonhomme de neige. J'avais cassé l'ambiance. Mais ma mère a été géniale. Elle s'est penchée à l'oreille de mon père. Celui-ci a froncé les sourcils comme lorsqu'il doit prendre une décision importante (genre choisir entre confiture de fraises ou de framboises au petit déjeuner). Et il a dit : « Ok. » Mes parents ont entraîné leur amoureux respectif dans le jardin, et je me suis dit qu'ils allaient s'amuser sans moi. Je me suis senti mélancolique.

En fait, mes parents sont revenus dans le salon, ils ont déposé une bâche sur le sol. Et ils sont ressortis. Cinq minutes plus tard, accompagnés de Bao et de Sofia, ils sont entrés, les bras chargés de neige. On a construit le bonhomme de neige dans le salon. C'est génial, non ?

J'aime quand les adultes s'autorisent à être fous. Ce fut un moment grandiose. Malgré la présence du feu dans la cheminée, le bonhomme ne semblait pas fondre. On lui a mis un chapeau, une carotte pour le nez et des bouchons de vin pour les yeux. Mon père a sorti sa vieille pipe en bois d'un carton (il fumait quand il était étudiant) et l'a glissée dans la bouche du bonhomme.

À partir de ce moment-là, la soirée a été joyeuse. Excuse-moi, je sais que tu as passé Noël toute seule. Mais c'était la première fois depuis le divorce de mes parents que ça se passait bien (l'année dernière, ils se sont lancé de la purée de marrons au visage).

Le lendemain matin, j'ai été réveillé par les cris de mon père : évidemment, le bonhomme avait fondu pendant la nuit, le salon était inondé. Je n'ai pas pu m'empêcher d'éclater de rire. J'ai pensé à toi et je me suis dit que tu pourrais peut-être essayer de fondre pour t'échapper.

Je t'embrasse.
Max

29 décembre

Max,

Génial, ton cadeau ! Une tablature de ukulélé ! Je la lis et la relis pour essayer d'imaginer la mélodie. Je te vois la jouer (tu es toujours flou et tu portes ton anorak), j'entends le ukulélé, mais je ne suis pas sûre que mon oreille soit très juste. Mon imagination fait peut-être des fausses notes. En tout cas, même faux, c'est très beau.

Mes parents et mon frère sont venus me voir le 24 décembre. Ils m'ont offert des bandes dessinées (la série *Paul*, de Michel Rabagliati, que j'avais commencée avant mon incarcération) et m'ont apporté des choses à manger : du pain frais, du fromage, du chocolat (du gianduja, mon préféré), des pâtes de fruits, des crêpes, du jus de pomme et une tourte aux champignons. J'avais envie de faire la paix avec eux, j'essayais de sourire, d'être douce. Et puis mon père m'a dit qu'il avait discuté avec le proviseur du lycée, que celui-ci serait prêt à accepter mon retour en classe à ma sortie. Comme si c'était une faveur ! On s'est de nouveau disputés et ils sont partis fâchés. Je déteste rester sur une tension. Mais il est hors de question que je retourne au lycée. C'est quand même fou qu'ils n'arrivent pas à le comprendre.

Pour Noël, le réfectoire avait été décoré par un groupe de détenues. Il y avait des guirlandes en papier et des boules en aluminium. C'était émouvant. Elles avaient vraiment réussi à donner une ambiance festive à cette salle aux couleurs gris béton et gris métal. Nous avons eu droit à un repas spécial, plus chic mais toujours aussi mauvais. Je n'ai pas mangé grand-chose.

J'ai proposé à Isabella de partager mon colis avec moi. Pour Noël, nous étions exceptionnellement autorisées à circuler librement dans la prison jusqu'à vingt-trois heures. Alors on est allées dans sa cellule, car elle a un petit frigo et des plaques électriques qu'elle a cantinés. On a réchauffé la tourte et dévoré le fromage. C'était chaleureux et délicieux. Les surveillantes avaient ensuite organisé une soirée jeux de société. Le Monopoly ne me passionne pas, je me suis installée dans un coin pour lire mes nouvelles BD.

Quand il s'est mis à neiger, les surveillantes nous ont laissées sortir dans la cour. J'ai observé les flocons tomber pendant un long moment. Isabella a participé à une bataille de boules de neige. C'était drôle de voir toutes ces *dangereuses délinquantes* se comporter comme des enfants. Avant de rentrer, j'ai caché un peu de neige dans mes poches. Quand on a dû rejoindre nos cellules, j'ai donné la neige à Isabella pour qu'elle la mette dans son freezer.

Sa famille ne lui a rien apporté, ses enfants ne veulent plus la voir. Pourtant elle était moins triste que moi. Elle trouve que je suis dure avec mes parents, que je devrais être reconnaissante parce qu'ils font beaucoup d'efforts pour moi. « Ce n'est pas simple de voir les gens qu'on aime être enfermés en prison, tu sais », m'a-t-elle dit.

Tu crois qu'on devient plus indulgent en vieillissant ? Est-ce qu'on résiste mieux à la tristesse ?

J'ai parlé de toi à Isabella, elle a dit qu'elle aurait aimé rencontrer quelqu'un dans ton genre à mon âge (mais plutôt une fille, car elle est homosexuelle), qu'elle aurait peut-être eu une vie différente.

C'était un Noël mélancolique mais gourmand.

Prends soin de toi.
Flora

31 décembre

Flora,

Une courte lettre cette fois-ci, pour que chaque mot explose dans la page et te donne des forces.

Je pense à toi et t'envoie mille pensées chaleureuses.

Joyeux Noël et bonne année !
Max

P.-S. J'ai l'impression qu'en vieillissant les adultes deviennent surtout plus indulgents envers eux-mêmes. Mais ils semblent aussi mieux résister à la tristesse (à moins que ça ne soit de la résignation ou la prise d'antidépresseurs, je ne sais pas bien).

P.-P.-S. Pour Noël, j'ai eu un nouveau ukulélé en koa. Le bois idéal pour cet instrument. Il sonne merveilleusement.

3 janvier

Flora,

Ce matin, je t'écris blotti dans le canapé du salon.

Ma grand-mère est morte hier. Je l'aimais beaucoup. Elle avait un drôle de caractère et un avis sur tout. Une des choses qu'elle appréciait le plus au monde était de provoquer des débats.

J'ai beaucoup pleuré. Ma mère aussi, je pense, mais elle ne l'a pas montré. Bao la réconforte. Mon père était ému, il avait l'air complètement perdu.

L'enterrement a lieu dans quatre jours. Je veux y aller. Je veux aller sur sa tombe pour lui dire au revoir.

Mais je ne peux pas. Le cimetière est de l'autre côté de la ville. Et surtout il y aura beaucoup de monde. Je n'y arriverai pas. Je ne vais pas ressortir la bouteille d'oxygène. Ça ne correspond pas au *dress code* d'un enterrement.

On devrait avoir la chance de connaître nos grands-parents et nos parents quand ils étaient enfants et adolescents. C'est une grande injustice de ne les rencontrer que vieux. Ceci dit, ma grand-mère avait un caractère juvénile, plus joyeux et libre que beaucoup de jeunes.

Il faut que je trouve une solution pour aller à l'enterrement de ma grand-mère. Il le faut.

Je t'embrasse.
Max

5 janvier

Cher Max,

Je suis vraiment désolée pour ta grand-mère. Je voudrais pouvoir t'envelopper de mes mots de papier.

Je ne sais pas, peut-être que tu peux organiser une cérémonie près de la tombe de ta grand-mère, rien que pour vous deux. Et te protéger avec plusieurs couches de vêtements, comme lorsque tu as emporté l'oiseau dans la forêt.

Mais tu sais, si tu n'y arrives pas, ce n'est pas grave. Je suis sûre qu'elle aurait compris. On peut penser aux morts sans aller à leur enterrement, sans mettre de fleurs sur leurs tombes. On peut y penser en restant chez soi, en lisant un livre, en écoutant la pluie tomber, en jouant de la musique. On peut leur tenir la main en pensée, se remémorer leur voix et leur sourire, leurs expressions favorites. On peut aussi leur parler et leur lire des poèmes.

Peut-être que tu pourrais lui écrire une chanson qui serait jouée à ses funérailles ? Ce serait une manière d'être là.

Je pense à toi.
Flora

8 janvier

Chère Flora,

Merci pour tes idées, merci beaucoup. Mais malgré tous mes efforts, je n'ai pas réussi à sortir de chez moi. Pour sauver ma grand-mère j'aurais trouvé la force, mais pour assister à son enterrement je n'ai pas pu.

J'ai suivi ton dernier conseil et j'ai enregistré une chanson au ukulélé sur le téléphone de mon père. Mais j'ai ajouté quelque chose. C'est ta poupée de Sylvia Plath qui m'en a donné l'idée : j'ai fabriqué une poupée à mon image. Je ne suis pas très doué, mais mon père m'a appris à coudre il y a quelque temps (« pour que tu sois autonome et féministe »), ça m'a pris trois bonnes heures. Cette poupée double de moi-même m'a représenté pendant l'enterrement.

J'ai fait un truc un peu bizarre mais qui a du sens : pour que cette poupée soit vraiment moi, je lui ai donné mes cheveux. J'ai découpé la plupart de mes cheveux et les ai collés sur sa tête. Mes parents ont crié en découvrant mon crâne presque rasé. Finalement ils ont compris ma logique. Pour parfaire le portrait, j'ai fixé une de mes vieilles paires de lunettes avec de la colle forte.

Ma mère a filmé l'enterrement. C'était émouvant. Mon père a assis la poupée me représentant sur le bord de la tombe et a mis la musique en marche. J'ai pleuré.

Mon psy vient demain, je suis bien content.

Je pense à toi.

Max

11 janvier

Max,

Je suis heureuse que tu aies trouvé une manière d'être près de ta grand-mère pour son enterrement. C'est ce qui compte. Est-ce que tu voudrais bien m'envoyer une photo de la poupée ? Ainsi, je pourrais t'imaginer un peu plus précisément. Quant à moi, voici deux nouveaux indices : j'ai des taches de rousseur et je ne suis pas très grande.

Les journées sont longues à la prison. La plupart des détenues travaillent. Elles font des boulots répétitifs, fatigants et à peine payés : elles s'occupent du ménage ou de servir les repas, ou bien elles sont exploitées par des entreprises peu scrupuleuses. Elles n'ont pas vraiment le choix : ça permet de raccourcir leurs peines et d'avoir un peu d'argent pour cantiner.

Je traîne dans ma cellule, je vais à la bibliothèque pendant les heures de sortie. C'est difficile de me concentrer sur mes cours ou mes lectures, et même mon film ne me passionne plus. Je me sens triste et sans énergie. Je nettoie la cellule compulsivement pour tuer le temps.

Il n'y a pas grand-chose de réconfortant. Le seul avantage de cette nouvelle prison, c'est que je peux cantiner beaucoup plus de choses qu'avant. On a même droit à de l'électroménager et à des fruits et des légumes.

Hier, j'ai croisé un couple de cafards dans ma cellule. Je les ai observés pendant un long moment. Ils sont allés grignoter des miettes de pain près du frigo. Ils ont une allure assez chic, une démarche un peu guindée, alors j'ai décidé de les baptiser monsieur et madame Snob. Ce matin, j'ai récupéré un peu de confiture pendant le petit déjeuner en la cachant dans l'opercule de mon pot de yaourt. Je l'ai posée près de la fenêtre. Je guette leur passage.

Avec Isabella, ils sont ce qu'il y a de plus familier ici.

Je t'embrasse.
Flora

13 janvier

Flora,

Voilà une photo de la poupée me représentant : je ressemble très exactement à ça.

Donner un nom à des cafards est une très belle idée. On devrait baptiser toutes les choses et tous les animaux (j'ai nommé mon bambou « William Shakespeare »).

Tu sais, tout ce que tu dis sur ta vie commence à avoir une influence sur mon quotidien. Je pourrais très bien sortir, je pourrais réaliser le rêve de milliers de détenus. Alors, est-ce que je ne suis pas égoïste en restant chez moi ?

Je m'enferme pour me protéger. Mais je vois bien que c'est aussi une manière de me punir de ne pas être à l'aise avec les autres.

Je vois les choses un peu différemment désormais.

Je réfléchis beaucoup. C'est d'ailleurs le problème quand on est tout le temps chez soi : on questionne trop de choses et ça devient douloureux et oppressant.

J'ai accroché un calendrier dans ma chambre et je barre les jours jusqu'à ta libération. J'ai hâte. Je ne sais pas comment alléger ton quotidien. J'espère que mes lettres te font le même effet que les tiennes : elles sont apaisantes et donnent de la force.

Je t'embrasse.

Max

15 janvier

Max,

C'est drôle que tu comptes les jours avant ma sortie, moi je n'ose pas. J'ai peur que le chiffre ne soit trop impressionnant. J'essaie d'éviter les repères. Pour autant, malgré l'insistance de mes parents et de mon avocate, je préfère rester ici jusqu'à la fin de ma peine, plutôt que de retourner au lycée et de devoir subir le regard et les moqueries des autres.

Oui, tes lettres me font beaucoup de bien. Sans notre correspondance, je crois que je serais devenue folle ou apathique. Elles me tiennent en éveil : je peux partager avec toi les étrangetés de la prison. Tu es à l'extérieur, mais tu comprends. Et tu ne paniques pas tout le temps comme mes parents.

Je suis rassurée de voir que tu vis la même chose que moi. La réclusion épuise, notre cerveau est libre de se livrer à tous ses travers comme un enfant indiscipliné. Je passe mon temps à me parler, à rejouer des conversations dans ma tête. Dimanche dernier, j'ai allumé la télévision en me réveillant. Il y avait un dessin animé pour enfants. J'ai changé de chaîne au bout de quelques secondes, mais l'horrible chanson du générique a eu le temps d'envahir mon cerveau. Je l'ai encore en tête aujourd'hui, je la chante en dormant, en me douchant, en travaillant. C'est l'enfer.

Monsieur et madame Snob viennent de traverser la feuille, ils te saluent !

À bientôt.
Flora

17 janvier

Flora,

Pas très en forme, je t'écris demain.

Bises.
Max

18 janvier

Flora,

J'ai essayé de me forcer à sortir de la maison. Mais ç'a été l'horreur. J'ai fait une crise de tétanie terrible. J'avais l'impression de tomber dans le vide. Je ne pouvais plus respirer. J'ai fini par perdre connaissance.

J'en ai assez, tu sais. J'ai accepté de voir mon psy en face à face. Il est venu le lendemain de ma crise. Je pense toujours que je n'ai aucun problème. C'est le monde qui est le problème. Mais je dois bien évoluer sur la question : faire des concessions et m'adapter (quel mot horrible, je préfère « ruser »).

Mon psy s'est assis sur la chaise, moi sur le canapé. Il a dit : « Bonjour, Max » et j'ai cru que j'allais mourir. Je me suis levé et j'ai répondu : « Ok, fin de la première séance.» Et je suis allé m'enfermer dans ma chambre.

Mon père m'a félicité. Sans aucune ironie. Il sait qu'il me faudra du temps. La deuxième séance en face à face a lieu dans une heure. Je ne suis pas très rassuré, mais je suis déterminé à parler. Je ne veux pas être le genre de type pathétique qui refuse de se remettre en question.

Oui, certaines musiques sont obsédantes, parfois même agréablement. Je vais essayer de te composer une chanson au ukulélé. Je n'ai pas évolué, je reste bloqué sur les huit accords les plus simples. C'est facile pour moi de parler musique via des lettres, heureusement que tu ne m'entends pas en vrai. D'ailleurs, j'ai choisi le ukulélé parce qu'il n'a que quatre cordes. C'était moins impressionnant que les six de la guitare. J'aime mon ukulélé, sa voix et son caractère. Je m'y identifie totalement.

Quelques mots de la vie amoureuse de mes parents. Sofia et mon père veulent un enfant. Je trouve l'idée très bonne : j'ai besoin d'un allié. Quand ils lui donneront une super éducation cadrée et raisonnable, moi je lui apprendrai à tricher aux cartes et à être un pickpocket.

Ma mère et Bao filent le parfait amour. Ils sont

tellement mignons. Je crois que mes parents commencent enfin à aimer leur vie et à être heureux. Ça me soulage de ne plus m'inquiéter pour eux.

Je te laisse, mon psy a sonné à la porte. J'ai décidé de faire ma séance en jouant du ukulélé et en chantant.

Bises.
Max

20 janvier

Cher Max,

Je suis soulagée d'avoir de tes nouvelles, ta précédente lettre n'était pas très rassurante. Je me disais : peut-être devrions-nous échanger nos coordonnées ? Parce que, s'il arrivait quelque chose à l'un d'entre nous, nous ne le saurions pas. Tu trouveras l'adresse de mes parents et mon numéro de téléphone à la fin de cette lettre.

Ta crise de tétanie a dû être très violente. Tu as raison de voir ton psy. Je crois que le plus important pour s'en sortir consiste à avoir la volonté de changer les choses. Tant qu'on lutte, on est vivant.

Les journées ici sont dures, ce n'est pas simple de ne pas céder à la dépression et de combattre l'apathie. Je me sens mieux qu'il y a quelques jours, je me concentre sur mes cours. Écrire des dissertations, lire des livres grandioses et ennuyeux me rassure. Le CNED va m'envoyer un bac blanc. Il faut que je me prépare.

Monsieur et madame Snob ont eu des enfants. Je pense qu'il y en a plusieurs dizaines. J'ai mené mon enquête, j'ai passé des heures entières à les observer. Je continue à les nourrir avec des restes de paquets de gâteaux et de petit déjeuner. C'est devenu un rituel : chaque matin à 9 h 30, ils sortent de leur cachette et viennent festoyer. Je peux désormais t'en dire un peu plus sur eux : ils vivent dans un petit trou creusé dans le béton, derrière la cuvette des toilettes. Ils se promènent aussi souvent autour du lavabo.

Une fille vient d'arriver dans ma cellule. Elle s'appelle Naëlle, elle doit avoir dix-neuf ans. L'espace se resserre.

Isabella est vraiment sympa. Il y a deux jours, on a discuté en anglais à la bibliothèque. Elle m'aide à corriger mon horrible accent. J'en ai plus appris en un mois avec elle qu'en six ans à l'école. Elle parle plusieurs langues, elle a beaucoup voyagé et vécu un peu partout en Europe.

Elle dit que les braquages étaient plus simples dans les pays scandinaves parce que les gens ne sont pas méfiants. En France, tout le monde est suspect, il y a des antivols partout.

Elle m'a raconté une anecdote. Elle essayait de braquer un fast-food à Göteborg (en Suède), mais comme elle restait très polie, l'employée ne comprenait pas ce qu'elle voulait. Elle pensait qu'elle n'arrivait pas à s'exprimer parce qu'elle était étrangère, elle voulait absolument l'aider à choisir son burger. Isabella a fini par laisser tomber et s'en aller.

Ce qu'elle raconte de ce pays me donne envie. Je lui ai parlé d'Émeline et de l'agression. Elle était scandalisée. Selon elle, en Suède, le harcèlement scolaire est surveillé de très près. Il y a de la prévention. On intervient avant que ça dégénère.

J'aurais aimé grandir dans une société comme celle-là.

Je me pose la question de partir là-bas pour mes études. Peut-être m'inscrire dans une école de cinéma. Tu sais déjà ce que tu vas faire, toi, après le bac ?

À bientôt.

Flora

23 janvier

Chère Flora,

Oui, très bonne idée ! Merci pour tes coordonnées. Je t'ai écrit mon adresse et mon numéro de téléphone au dos de la photo de mon chat (j'ai lu que les portraits de chats sont apaisants).

Miracle ! J'arrive à parler à mon psy en face à face. Il ne dit pas grand-chose, mais ce visage sérieux et attentif devant moi provoque des pensées nouvelles. C'est assez étonnant. Je sens des choses bouger. Je ne sais pas si je vais guérir de ma peur du monde extérieur, en tout cas je ne reste pas inactif. J'avance.

Effectivement, travailler tout seul n'est pas simple. Je me dis qu'il doit y avoir des tas d'élèves « bizarros » comme nous qui ne se sentent pas à leur place au lycée. J'aime apprendre, mais je ne supporte pas le climat de morosité et de concurrence de l'école. Tout le monde y est déprimé, les profs les premiers, et surtout les meilleurs d'entre eux.

Je suis peut-être immodeste, mais je crois qu'on peut inventer quelque chose de différent. J'ai réfléchi à la question en passant la serpillière ce matin.

Voilà mon idée : trouver une salle, un appartement, une boutique, peu importe, mais un lieu où une dizaine d'élèves comme nous se réunirait et étudierait. Je suis sûr que ce cadre créerait une émulation. Cet espace devrait être assez grand pour accueillir des tables, des chaises (et un canapé).

Je t'en dis plus dans quelques jours.

Je t'embrasse.

Max

P.-S. Non, je n'ai aucune idée de ce que je veux faire après le bac. Aucun métier ne m'attire. Ça m'angoisse. De toute façon, on sera tous chômeurs ou sous-payés, non ?

25 janvier

Max,

C'est une idée géniale. Il y a forcément d'autres lycéens qui suivent leurs cours par correspondance comme nous. Il faudrait pouvoir les contacter.

J'ai réfléchi à quelque chose. Comme tu le sais, je ne voulais pas faire de demande de libération conditionnelle. Mais notre école de contrebande me permettrait de sortir en échappant au lycée. Ce serait idéal.

On s'y rendrait tous les matins, on travaillerait ensemble en buvant du thé et du chocolat chaud. Le canapé est une excellente idée : pourquoi croit-on que les élèves apprendront mieux en passant la journée assis sur des chaises dures et inconfortables ?

On pourrait aussi organiser des cours différents de ceux enseignés habituellement : on parlerait des livres qu'on aime et de nos passions.

La cohabitation avec Naëlle, ma nouvelle codétenue, est difficile. On dirait qu'elle passe son temps à chercher des moyens de provoquer le conflit. Elle se sent agressée par le moindre de mes gestes. J'ai l'impression d'être encore au lycée. Il y a manifestement chez moi quelque chose qui lui pose problème, qui l'insupporte viscéralement. J'aimerais comprendre ce qui me rend si détestable aux yeux de certains. C'est fatigant.

Naëlle est en prison justement parce qu'elle a persécuté une femme, une de ses voisines. Je ne lui ai pas révélé pourquoi j'étais là… J'ai juste dit : « Agression. » Je fais profil bas.

Je laisse ma marionnette Sylvia Plath sous mon matelas en ce moment, j'ai peur que Naëlle se moque de moi, ou pire, qu'elle la détruise. Je l'ai présentée à Isabella il y a quelque temps, elle l'aime beaucoup.

Je pense souvent à Émeline. Je me demande comment elle va. J'ai parfois un peu honte de ce qui s'est passé, de m'être acharnée sur elle. J'ai l'impression que ce n'est pas moi qui l'ai frappée. Elle le méritait, objectivement, mais ça ne m'a pas soulagée.

Bonne journée.
Flora

27 janvier

Flora,

C'est l'horreur : mon père a eu une idée. Comme je reste à la maison toute la journée, il a décidé que je devais participer aux travaux d'entretien. Attends, je ne parle pas de faire la vaisselle et le ménage, c'est déjà le cas. Maintenant, il veut que je me mette au bricolage ! L'enfer. Hier, j'ai changé le joint de la baignoire, ça m'a pris l'après-midi. J'ai dû visionner plusieurs tutoriels sur internet.

Je suis heureux de voir que tu es motivée par le projet d'une salle de classe de contrebande. Il y a deux questions auxquelles nous devons répondre :

Quel lieu pourrait nous accueillir ?

Comment trouver d'autres élèves ?

Je commence à avoir des débuts de réponse. Je t'en parle bientôt.

Le froid est terrible cet hiver. J'ai ajouté un peu de purée de sésame aux graines et au chocolat que je donne aux oiseaux sur le rebord de ma fenêtre. J'espère que la prison est bien chauffée. Mon père et Sofia ont peu de commandes ces temps-ci, nous sommes donc fauchés, le chauffage est au minimum à la maison, et on mange beaucoup de riz et de pâtes.

Je t'embrasse.
Max

30 janvier

Cher Max,

Je t'imagine dans ta baignoire avec ton ordinateur dans une main et un outil dans l'autre. Moi j'aime le bricolage, enfin, quand c'est facile. Dès qu'il y a un obstacle, je laisse tomber. Je suis une bricoleuse impatiente.

En prison, tout le monde devient un peu bricoleur par la force des choses. Celles qui n'ont pas d'argent pour s'acheter des plaques électriques ou une bouilloire se fabriquent un chauffe-eau avec les moyens du bord. Certaines construisent des piles rechargeables pour leurs radios, des étagères en carton, d'autres concoctent du savon, de la lessive ou des produits cosmétiques. Dans le centre pour mineurs, comme les cellules étaient réparties tout autour de la cour, les garçons se passaient des messages et des objets d'une unité à l'autre, en tendant des fils entre les deux. Ceux qui fumaient allumaient leurs cigarettes avec les câbles de la télé, car ils n'avaient pas droit à des briquets ou à des allumettes. C'était hyperdangereux.

Moi je me suis mise à la cuisine. Isabella m'a prêté une petite plaque électrique. En ce moment, j'expérimente des recettes de gâteaux sans four. J'utilise un pot de yaourt comme verre doseur et une canette découpée en lamelles comme fouet. Hier, j'ai préparé un gâteau au chocolat et aux cacahuètes. J'ai laissé cuire la pâte dans une casserole chaude recouverte d'un t-shirt pendant plusieurs heures. Le résultat est parfaitement fondant, et l'odeur embaume encore aujourd'hui la cellule. J'en ai donné la moitié à Isabella et j'ai partagé le reste avec Naëlle comme un calumet de la paix.

Il fait froid, oui, c'est terrible. Le chauffage n'est pas très puissant ici. J'enfile des vêtements les uns sur les autres. J'allume parfois la plaque électrique pour réchauffer un peu la cellule.

Dans les prisons, il y a tout un savoir pratique, une science de la débrouille qui se transmet oralement.

On pourrait écrire un *Manuel de survie en milieu carcéral* comme il en existe pour la vie dans la nature. Si la société utilisait l'ingéniosité des détenus pour des choses plus utiles que percer des trous dans des ceintures pour 200 € par mois, je suis sûre que le taux de récidive serait beaucoup plus faible.

Je pense beaucoup à notre école parallèle. Dis-moi si je peux t'aider. Dès que le projet se concrétisera, je ferai ma demande de libération conditionnelle. J'ai dit à mon avocate que j'avais peut-être trouvé une structure alternative pour suivre mes cours. Elle a répondu que ça pourrait être un motif de sortie s'il y a un bon encadrement. Elle m'a aussi demandé d'écrire une lettre d'excuse à Émeline. C'est indispensable si je veux sortir plus tôt. J'ai commencé à y réfléchir. Je ne sais plus très bien ce que je ressens en ce moment. Je lui en veux toujours, mais je crois qu'il y a des choses plus constructives à faire qu'être en colère.

Je t'embrasse.
Flora

3 février

Flora,

Ce matin, j'ai convoqué mon père et Sofia dans le salon. Je leur ai demandé d'arrêter de se promener nus ou à moitié nus. Je n'ai aucune envie de voir leurs appendices ballotter (ils ne sont pas frileux, tu peux me croire). Ils m'ont promis de se couvrir.

C'est fou toutes les informations qu'on peut trouver sans sortir. Être enfermé chez soi force à se servir de son imagination.

Notre projet avance. J'ai le grand plaisir de t'annoncer que j'ai un contact dans la maison de retraite près du lac. Ne te méprends pas : je ne veux pas que nous y emménagions (même si la tentation est grande d'éviter une vie de chômage pour profiter directement de notre retraite).

Je suis tombé sur le blog d'une pensionnaire. Elle s'appelle madame Breitenfeld et elle a 89 ans. Nous avons échangé quelques messages, et elle m'a proposé d'accueillir notre salle de classe dans sa maison de retraite. Il n'y aurait rien à payer. Et elle me dit que certains pensionnaires seraient ravis de donner un coup de main pour les cours. Pourquoi pas.

J'ai posté des messages sur les réseaux sociaux et j'ai demandé au site internet de la mairie d'afficher l'annonce suivante :

Nous cherchons des élèves niveau lycée souhaitant
participer à la création d'une classe alternative
pour travailler ensemble. Cette classe pourrait intéresser
les phobiques sociaux, les dépressifs et tous ceux
qui ne se sentent pas à l'aise au lycée.
Merci de nous contacter à : classebizarro@wouhou.fr

Je me suis renseigné : l'école est obligatoire jusqu'à 16 ans. Les plus jeunes peuvent quitter le lycée à condition que l'enseignement soit sérieux. Un inspecteur viendra contrôler les cours.

Des nouvelles du front. Aujourd'hui, je me suis noué une corde autour de la taille et j'en ai attaché l'extrémité à la poignée de porte du salon. J'ai réussi à mettre un pied dehors.

Demain, je tenterai de mettre deux pieds à l'extérieur.

Notre projet de classe parallèle me motive. Mon psy m'encourage. Tu sais, l'idée de sortir de chez moi commence à me paraître séduisante.

Je t'embrasse.
Max

P.-S. Mes cheveux repoussent d'une manière très désordonnée.

5 février

Max,

Une maison de retraite, c'est une bonne idée. Celle du lac est calme et lumineuse, mon grand-père y a passé quelques années avant sa mort. J'espère qu'on va trouver des camarades.

Grande nouvelle : j'ai demandé ma libération conditionnelle. Mon avocate me dit que je vais certainement l'obtenir si notre projet aboutit, car je me débrouille très bien pour suivre mes cours toute seule : j'ai eu de bonnes notes à mon bac blanc.

J'ai aussi écrit ma lettre à Émeline. Je dis que je suis désolée (et je suis sincère) de l'avoir frappée et d'avoir continué à la frapper même lorsqu'elle était à terre. J'ajoute que j'espère qu'elle n'aura pas de séquelles de son traumatisme crânien. J'ai aussi expliqué pourquoi j'avais réagi ainsi. J'ai envie qu'elle comprenne que son comportement m'a poussée à bout. Ce qui est un jeu pour l'une est une persécution pour l'autre. Si la prison est ma punition, l'hôpital est la sienne. Il serait juste qu'elle y apprenne des choses.

Mon éducatrice a envoyé la lettre hier. Après avoir fermé l'enveloppe, elle a reculé sa chaise, ôté ses lunettes et m'a regardée droit dans les yeux en disant : « Félicitations, je suis fière de vous, mademoiselle. Vous avez fait du chemin. » Je suis d'accord avec elle, mais je ne suis pas sûre que l'on pense au même chemin.

Je devrais avoir une réponse pour ma libération conditionnelle dans deux semaines. Ce soir, je parle de notre projet à mes parents. J'espère qu'ils vont bien réagir.

Il est grand temps que je quitte cet endroit, Naëlle continue à me chercher, ça devient difficile de garder mon calme : ne pas répondre, ne pas la dénoncer (pour ne pas m'attirer d'ennuis), juste rester indifférente. C'est un travail de tous les instants.

Je pense à Amel et à Cynthia parfois. Je me demande si Amel est toujours à l'établissement pénitentiaire pour mineurs ou si elle est sortie. Je me demande aussi à quoi ressemble la nouvelle vie de Cynthia, à l'extérieur. Est-ce qu'elle est retournée à l'école ? J'espère qu'elle va bien et que son quotidien est plus doux.

Je t'embrasse.
Flora

tentiaire pour mineurs ou si elle est sortie, je me demande aussi à quoi ressemble la nouvelle vie de Cynthia, à l'extérieur. Est-ce qu'elle est retournée à l'école ? J'espère qu'elle va bien et que son quotidien est plus doux.

8 février

Je t'embrasse.

Flora

21 [illegible]

[illegible]

[illegible] la directrice de la maison de retraite [illegible] une tâche, je lui [illegible] téléphone, [illegible] elle a fait [illegible].

Mais il y a une contrepartie : il faudra discuter avec les personnes âgées, s'intéresser à elles et les solliciter pour qu'elles nous aident. Elle me dit qu'il

8 février

Chère Flora,

J'ai tellement hâte que tu sortes ! Je suis content que tu sois apaisée au sujet d'Émeline.

Quant à moi, j'ai mis mes deux pieds et mes deux mains dehors (toujours relié à la maison par une corde). Je progresse, je progresse.

Quelques nouvelles de notre école alternative : la directrice de la maison de retraite est d'accord pour nous laisser utiliser une salle. Je l'ai eue au téléphone, et elle a l'air sympa.

Mais il y a une contrepartie : il faudra discuter avec les personnes âgées, s'intéresser à elles et les solliciter pour qu'elles nous aident. Elle me dit qu'il y a des gens passionnants parmi les pensionnaires. Je le sais : je suis déjà très ami avec madame Breitenfeld (qui vient prendre le thé à la maison dans quelques jours).

Je trouve sa proposition pleine de bon sens.

J'ai eu trois réponses de lycéens qui aimeraient nous rejoindre. Il y a un élève de seconde et deux élèves de première (une fille et un garçon). Eux non plus ne sont pas à l'aise dans l'immense usine du lycée. Eux non plus ne supportent pas la compétition. L'élève de seconde a l'air très timide et est passionné d'ornithologie (je lui ai raconté comment j'ai sauvé un pic épeiche).

Le garçon de première est musicien (et a beaucoup de mal à s'intéresser aux cours), il joue de la guitare folk.

La fille, quant à elle, aime les langues étrangères (elle parle chinois, italien et portugais).

Nous sommes donc cinq. C'est un bon commencement, je trouve. Prendre en charge notre éducation est une chose effrayante mais stimulante. Et puis les cours du CNED seront là pour nous guider. Il faudra que nous établissions une sorte d'emploi du temps avec les matières à étudier et surtout toutes les activités artistiques.

Demain, j'essaie de sortir complètement de chez moi et de rester cinq minutes dehors.

Je t'embrasse.
Max

P.-S. Mon père et Sofia ont enfin appris à s'habiller, hourra !

11 février

Max,

J'avais commencé à t'écrire une lettre, mais Naëlle s'est amusée à la déchirer « pour en faire un puzzle » (c'est vraiment la maternelle : tout ce qu'elle veut, elle le prend). Je vais donc essayer de me souvenir de ce que je te racontais.

Comme je suis heureuse que notre projet avance ! Les trois personnes que tu as trouvées ont l'air sympas. Je suis sûre qu'on va apprendre des tas de choses les uns des autres. Tu vas les rencontrer ?

J'ai parlé de notre école à mes parents il y a deux jours. J'avais prévu un long discours pour leur expliquer qu'il était toujours hors de question que je retourne au lycée, mais que j'avais trouvé une autre solution. J'étais debout dans le parloir. C'est une petite pièce carrée avec des murs vitrés, une porte de chaque côté et une table au milieu. Ils étaient assis face à moi. Ils m'ont écoutée attentivement.

J'ai attendu leur réaction. Mon père a posé quelques questions pratiques pour s'assurer de la solidité du projet, et ma mère a dit en soupirant : « De toute façon, tu n'en fais toujours qu'à ta tête. » Dans son langage, ça veut dire « d'accord ». On évite le conflit, désormais. Je pense qu'ils ont juste envie que je sorte le plus rapidement possible. Et s'il faut accepter les quelques excentricités de leur fille, ça leur va.

J'ai aussi mentionné ma lettre à Émeline. Mon père m'a dit qu'il prenait régulièrement des nouvelles de son état depuis l'accident, mais qu'il n'avait pas abordé le sujet avec moi pour ne pas me blesser.

Il m'a expliqué qu'Émeline s'est totalement réveillée il y a plus d'un mois. Elle peut marcher et parler. Le traumatisme crânien n'a pas causé de séquelles graves. Elle a quelques problèmes de vertiges, des pertes de sensibilité de la peau, des difficultés à articuler et des maux de tête chroniques. Elle fait de la rééducation.

En écoutant mon père, je me suis mise à pleurer, je me sentais tellement mal d'être responsable de tout ça. Mon père m'a prise dans ses bras et m'a dit : « N'oublie pas que, si elle ne t'avait pas harcelée, tu ne l'aurais pas frappée. »

Finalement, peut-être que mes parents me comprennent mieux que ce que je croyais.

Je t'embrasse.
Flora

P.-S. Il faudrait que la directrice de la maison de retraite envoie un courrier au juge pour certifier qu'elle accepte d'accueillir notre école. Peux-tu le lui demander ?

13 février

Flora,

J'ai rencontré nos futurs condisciples. Je les ai invités à prendre le thé à la maison (en fait, on a bu du Coca). Je n'avais pas vu de nouveaux visages depuis une éternité. Ça s'est bien passé. Je crois que ce qui m'a rassuré, c'est qu'ils avaient l'air aussi nerveux que moi. Excepté la fille passionnée par les langues qui parle beaucoup. Elle s'appelle Sibylle, le fan d'ornithologie s'appelle Jonas et le joueur de guitare, Missa.

Tiens, il faudrait moi aussi que je prévienne mes parents.

Je te laisse, ma mère et Bao viennent dîner ce soir, c'est l'occasion.

Je t'embrasse.
Max

P.-S. J'ai demandé une lettre à la directrice de la maison de retraite, je te l'envoie demain.

13 février bis

Flora,

Catastrophe ! Je viens de parler à mes parents de notre projet, et ils sont contre. Je suis monté dans ma chambre pour t'écrire ce mot entre l'entrée et le plat. Je dois trouver des arguments (j'ai téléchargé une fiche sur internet sur l'art rhétorique des sophistes).

Bises.
Max

13 février ter

Flora,

Les choses s'arrangent (l'ouverture d'une deuxième bouteille de vin n'y est pas pour rien, je pense). Mes parents sont en train de renoncer à ce que je sois un enfant parfait (la chute est dure). Ils se disent que si déjà j'arrive à sortir de la maison ça sera bien. Ouf.

Les parents ont tendance à avoir des réactions émotionnelles, puis à réfléchir ensuite. Et là ils peuvent être surprenants. Ma mère m'a dit qu'elle nous achèterait un tableau pour notre salle de classe. Mon père a promis de nous construire une table.

Après le repas, j'ai récupéré une carte du monde

dans le garage. Il faut penser à la décoration de notre école minuscule.

Je t'embrasse.
Max

16 février

Cher Max,

Je suis rassurée que tes parents aient fini par accepter l'idée de notre mini-école. Je suis tellement enthousiaste, tu sais.

Grande nouvelle, l'éducatrice m'a annoncé que le juge d'application des peines avait accepté ma demande de libération conditionnelle. Je sors le 27 février à 10 h 30, je suis si heureuse !

Bien sûr, il y a des conditions : je devrai voir un conseiller d'insertion toutes les semaines et suivre mes cours avec assiduité. Le CNED enverra tous les mois un rapport au juge. Je dois évidemment bien me tenir, aider les personnes âgées, et je ne peux pas fuguer (sans blague). Le courrier de la directrice de la maison de retraite va être transmis au juge.

J'ai aussi vu mon psychiatre, qui trouve que je vais beaucoup mieux. Pour la seconde fois, il a diminué mon traitement médicamenteux. Dans un mois, je ne prendrai plus rien.

Il reste douze jours avant ma sortie, je compte chaque seconde. J'ai l'impression que ma réadaptation ne sera pas simple. On prend de nouvelles habitudes en prison : on est méfiant et secret, on se sent sans arrêt menacé ou agressé. Et puis on devient bêtement matérialiste parce que c'est tout ce qui nous reste de personnel.

Fernando Pessoa écrit : « La liberté, c'est la possibilité de s'isoler. » Ce qu'il y a d'emprisonnant dans la prison, ce n'est pas l'enfermement, c'est l'absence d'intimité : on ne peut jamais se cacher. Alors on crée sa tanière intérieure. Je ne suis pas sûre de pouvoir me débarrasser de ces habitudes tout de suite. J'espère que tu ne m'en voudras pas si je me dérobe parfois.

Voilà une liste de ce que je veux faire avant de sortir :

• Terminer mon court-métrage en stop motion
• Finir *L'arrache-cœur* de Boris Vian, que j'ai

emprunté à la bibliothèque de la prison (c'est un super livre)

• Prendre des photos de ma cellule avec ma webcam

• Trouver une bonne manière de dire au revoir à Isabella

Et quand je serai sortie, je voudrais :

• Prendre un bain
• Boire un vrai chocolat chaud
• Pique-niquer dans un parc
• Regarder l'horizon

Il paraît que la vue baisse quand on reste longtemps en prison, à force de ne pas pouvoir regarder au loin. Quand il ne fait pas beau, je sors et j'observe les nuages pour exercer mes yeux.

À très bientôt !
Flora

18 février

Flora,

Madame Breitenfeld est venue prendre le thé. Ma phobie l'a beaucoup surprise. Elle a appelé ses amis de la maison de retraite. Une dizaine de personnes âgées sont arrivées trente minutes plus tard. C'était très bizarre de voir le salon envahi par tous ces vieux. Mais, de façon surprenante, ça m'a apaisé. Ils ont passé l'après-midi dans le salon à boire du thé (et du whisky, je m'en suis rendu compte) et à parler de leurs souvenirs et de la vie en général. Ils voulaient m'aider à sortir. C'était assourdissant mais charmant. Ils sont heureux d'accueillir notre école.

Aujourd'hui, j'ai marché cinq minutes dehors devant la maison. Sans même être attaché à une corde ! Je frissonnais, je respirais très fort, mais tout s'est bien passé. J'ai cru reconnaître le pic épeiche que j'ai sauvé. Je suis presque sûr que c'était lui. Il a sautillé près de moi comme s'il m'encourageait à profiter de la vie à l'air libre.

Voici la liste des choses que je voudrais faire quand je pourrai rejoindre le monde extérieur :

- Parler avec le moins de monde possible
- Éviter les lieux animés

Hm. Je ne vois rien d'autre.

Je t'embrasse.

Max

21 février

Max,

J'ai commencé à réfléchir à un emploi du temps. On pourrait travailler sur nos cours, disons, jusqu'à quatorze heures, puis le reste de l'après-midi serait consacré à des activités artistiques ou manuelles. Moi, je peux donner des cours de vidéo, parler des animaux de la montagne et présenter des films et des livres. On pourrait aussi prévoir des temps où on s'aiderait les uns les autres et où on ferait participer les pensionnaires de la maison de retraite.

Une triste nouvelle : monsieur et madame Snob sont morts, ainsi que tous leurs enfants. Le service d'hygiène a organisé l'extermination des cafards. J'aurais aimé pouvoir leur dire au revoir.

On a dû quitter nos cellules pendant trois heures,

on a été rassemblées dans la cour de promenade. Quel endroit horrible. Je me demande comment certaines filles peuvent y passer plusieurs heures par jour. Ça ressemble à une cour de récré trop petite et entourée de grillages. Il n'y a pas de végétaux, juste trois bancs (pour soixante-dix personnes) et une table de ping-pong (sans raquettes).

Hier, à la bibliothèque, j'entendais les oiseaux chanter et le soleil me chauffait la joue gauche à travers la fenêtre. J'ai attrapé un coup de soleil. Je n'ai jamais été aussi heureuse d'avoir la joue brûlée.

Émeline a répondu à ma lettre. Elle dit qu'elle ne pense pas avoir mérité ce qui lui arrive. Elle ajoute qu'elle ne m'en veut pas pour l'agression parce qu'elle ne s'en souvient pas, mais qu'elle m'en veut pour ce qu'elle vit maintenant. Elle termine en ajoutant que je mérite d'être en prison. Elle espère qu'on ne se reverra jamais.

Je crois que c'est une bonne conclusion.

Je t'embrasse, j'ai hâte de te voir enfin !
Flora

P.-S. J - 7 !

23 février

Chère Flora,

Je trouve tes idées concernant notre école excellentes. L'aventure va être passionnante, j'en suis sûr. Quant à moi, je peux proposer des ateliers couture, cuisine et ukulélé.

Avec madame Breitenfeld et la directrice, nous avons fixé la date de début des cours au 12 mars.

Le calendrier dans ma chambre est barré de croix rouges : plus que cinq jours avant ta sortie.

Aujourd'hui, je me suis baladé devant la maison. C'était pas mal.

Je t'embrasse.

Max

24 février

Flora,

J'ai une surprise pour toi. Elle t'attendra à la sortie de prison. Je te donne un indice : ça ressemblera à un bouquetin des Pyrénées en anorak.

Je t'embrasse fort.
Max

26 février

Mon cher Max,

Il est 22 h 30, je suis dans mon lit et je t'écris ma toute dernière lettre de prison, pendant que Naëlle regarde un film. Je sors dans douze heures. Je n'en reviens toujours pas. J'ai hâte de rencontrer enfin ce fameux bouquetin des Pyrénées.

Cet après-midi, j'ai terminé mon court-métrage en stop motion. La femme en pâte à modeler de mon film parvient à se construire entièrement. Elle est un peu tordue et brinquebalante, elle a une jambe plus courte que l'autre, mais ça va, elle tient le coup. Elle arrive à avancer et c'est ce qui compte pour elle.

Hier soir, les surveillantes m'ont autorisée à dîner dans la cellule d'Isabella pour fêter mon départ.

La soirée a été douce, on a mangé une purée aux petits pois avec des œufs à la coque et un gâteau-casserole aux Carambar. On a ouvert le freezer. La neige qu'on y avait mise s'était transformée en glace. On en a fait des glaçons pour nos verres de Coca.

J'ai offert à Isabella ma marionnette Sylvia Plath. Elle en aura plus besoin que moi, désormais. Elle m'a donné une lettre que je n'ai pas le droit d'ouvrir avant d'être dehors et une fleur qu'elle a fabriquée dans un atelier d'origami.

Je lui ai promis de lui écrire et de venir la voir au parloir. Elle aimerait bien te rencontrer.

J'espère que le monde a un peu changé pendant mon absence.

Je t'embrasse.
Flora

Remerciements

Merci à Geneviève Brisac et à Chloé Mary pour leurs précieuses relectures et leur accompagnement.

Merci également à Véronique Haïtse et à la correctrice.

Des mêmes auteurs à *l'école des loisirs*

Collection MÉDIUM+

Les nouvelles vies de Flora et Max

Cet ouvrage a été achevé d'imprimer
sur Roto-Page
par l'Imprimerie Floch à Mayenne
en février 2019

N° d'impression : 93990
Imprimé en France